SHANGHAI LITERATURE & ART PUBLISHING GROUP

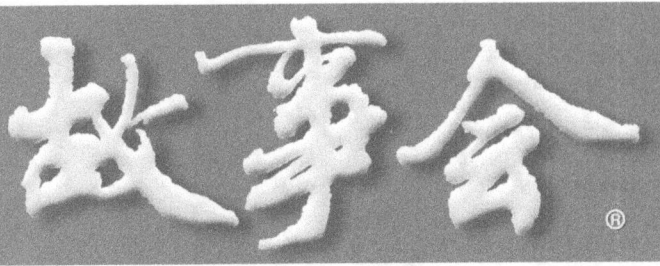

故事会
精品系列

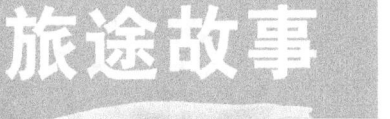

旅途故事

I0517285

上海锦绣文章出版社
上海故事会文化传媒有限公司

上海文艺出版（集团）有限公司

图书在版编目 (CIP) 数据

旅途故事 《故事会》编辑部编 – 上海：上海锦绣文章出版社
（故事会精品系列） ISBN 978-7-5452-0180-2

Ⅰ.①旅... Ⅱ.①故... Ⅲ.故事 – 作品集 – 世界 Ⅳ.I14

中国版本图书馆 CIP 数据核字 (2008) 第 181330 号

丛 书 名：故事会精品系列

书 名：旅途故事

主 编：何承伟

编 委：何承伟 吴 伦 姚自豪 夏一鸣

责任编辑：刘迎曦 鲍 放

装帧设计：王 伟

责任督印：张 凯

出 版： 上海锦绣文章出版社

上海故事会文化传媒有限公司

POD 海外发行： 中国图书进出口上海公司

电话：021–36357888

传真：021–36357896

地址：上海市虹口区广中路 88 号

邮编：200083

目　　录

遭遇尴尬

叵测人心

大路不平

古道热肠

遭 遇 尴 尬

尴尬的境遇往往就是意外的幽默，它会使我们在貌似正常的现象中看出不正常的现象，在貌似重要的事物中看出不重要的事物。

五〇一房间

　　一对旅行结婚的新郎新娘,兴致勃勃地来到了北京。他们一下车就游北海,上天坛,去故宫,还游览了天安门,一直玩到傍晚,才在街上匆匆吃了晚餐,住进了一家旅馆的501房间。小夫妻俩白天玩得实在开心,可累得也够呛,一住下便躺在铺上不想动弹了。特别是新娘,身子本来就瘦弱,到了半夜还闹起了肚子,房间里又没有厕所,她悄悄起来走进了在走廊一头的厕所里。

　　新郎见妻子去上厕所也没当一回事,翻了个身又呼呼地睡了。不料一觉醒来,发现身边还是空空的,不免焦急起来,急忙上厕所去找。没想到找遍了旅馆十多只女厕所,仍不见妻子的影子,不由紧张起来,他想:她肯定病得不轻,一定是怕影响我休息,自己一个人上医院了。这么一想,新郎立即拔脚下楼,直往旅馆大门口奔去。

新郎来到大门口,还没等他讲完开门的理由,值班服务员一脸惊疑,指着拴得严严的大门说:"同志,不可能,大门昨晚9点就关了,我一直守在这里,没人出去过,说不定她错钻到别的房间里了。我去替你找找。"说完,服务员就领着新郎,"噔噔噔"上了五楼,一个房间一个房间地查问起来。当他们来到507房间时,新郎抬头一看门上的507的"7",油漆已经剥落,粗看起来,这个"7"和"1"一模一样,而且两个房间距离又近,他们昨晚来的时候,就差一点把507当成501,他想妻子会不会是看错了房号,走错了房间?服务员听新郎这么一说,突然双手一拍屁股,叫了一声:"哎呀,糟了!这房间住的是个单身男子,这下子出事了!出事了!"新郎一听,犹如五雷轰顶、眼冒金星,愣了半天也说不出一句话来,懊丧地双手抱头,蹲在了门口。

这时候,被他们吵醒的旅客听说一个度蜜月的新娘半夜走错了房间,大伙都走出来看稀奇,一时间,507房门口站满了人。

服务员是个直性子,她见新郎这副模样,又见围观的旅客议论纷纷,便举起拳头,"咚咚咚"敲起了507的房门。

过了一会儿,507房门打开了,从里面走出了一个睡眼惺忪的女子,新郎一看,果然是自己的妻子。

新娘一看门口围了这么多人,又见丈夫铁青着脸蹲在门口,不知道发生了什么事,便奇怪地问新郎:"你什么时候起来的?出了什么事?"新郎懊恼地说:"还问哩,你看看门上的号码!"新娘望了望门上的号码,立刻意识到自己犯了一个严重的错误,立时羞得满脸通红,飞也似的钻进了自己的房间。

大家望着羞得满脸通红的新娘逃进自己的房间,仍然盯着507号房门,他们要亲眼看看这个房间里的小伙子是个啥模样。这时候服务员又气又恼,哪肯轻饶住在507号房里的小伙子,她双手叉腰，声色俱厉地吼道："张大宏，出来！张大宏，出来！"

服务员连吼好几声，门才打开，从房里走出来一个头发蓬乱的小姑娘，她揉揉眼睛，惊疑地看着门口这么多人。

旅客们一见，都惊奇地"啊"的一声叫了起来，服务员更加觉得惊奇，她上上下下打量着眼前的小姑娘，心里想：真是出神仙了，507号房间明明住着个大小伙子，怎么眼睛一眨，小伙子变成了个小姑娘？忙问："你是谁，你是啥时候住进这个房间的啦？"小姑娘不知发生了什么事，一时间只是反复说着："张老师叫我睡到这里的，张老师叫我来陪他妹妹的！"

就在这时，从楼下走上来一位男青年，小姑娘急忙迎上去说："张老师，张老师，你快来说说吧，人家把我当成坏人了！"

男青年微笑着对姑娘说："你别急，让我对大伙说说是怎么回事吧。"

原来这位叫张大宏的男青年是位中学教师，他带了一批学生来北京参观学习。昨天他被安排在507单间，当他睡到半夜，突然发现身旁睡了一个人，借着窗外的灯光一看，竟是个袒胸露臂的年轻女人，惊得一下从床上跳起来，这才想起自己因为疲乏匆匆睡下，忘了锁门。他想叫醒对方，又觉得难以开口，一时间好不尴尬。他想了想，立即穿好衣裳，悄悄出了房间，走到三楼，叫醒了住在303房里的一个女同学，对她说他有个妹妹来北京看病，叫她去507陪她一起睡，他自己便睡到男同学的房里了。

新郎听了万分感动，走上去紧紧地握住了张老师的手，连连说着："谢谢，谢谢！"

（张润道）

老稀拉乘车

　　天皇门玉树巷有个光棍汉，叫陆喜腊。陆喜腊五官端正，身体健康，虽说文化不高，倒也忠厚本分。可他就是改不掉稀稀拉拉的坏习惯：褂子没纽扣、鞋露脚趾头、裤裆张着嘴、瞌睡打不够。久而久之，人家就称他"老稀拉"。

　　初夏的一天，老稀拉下班出了厂门，搭上回家的公共汽车。他占了个座位往后一靠，照例又放心地打起了瞌睡。车过两站，猛地"咕咚"一颠，老稀拉忽觉有人捣他，他睁眼一看，跟前站着一个手抓车扶手的漂亮姑娘，正脸色通红地斜对着他。自己旁边那个老汉正在用手捣他的胳膊肘子。

　　那老汉见老稀拉睁开眼睛，便瞧瞧那姑娘，又瞄瞄老稀拉的裤裆，连连朝他使眼色。老稀拉低头一看，哟，裤裆纽子没扣上，正张着个蛤蟆嘴,连里面的白裤衩儿也搭出来啦,怪不得这姑娘……他赶紧知趣地伸手往里一塞,三下五除二扣上了纽子。

哪晓得老稀拉刚要重新闭上眼,身上冷不防重重挨了一家伙,只见一个剃着平头的小伙子揪住他的衣领,一把将他拽了起来:"你,耍流氓?把裤裆纽子解开!"

这一下,可把老稀拉的瞌睡全吓跑了:刚才裤裆纽子忘了扣,其实里面还穿着裤衩呢,现在我纽上了,这也算耍流氓?他将对方的手一推,道:"谁耍流氓?当这么多人,你凭啥要我把裤裆扣子解开?你才是耍流氓!"

那姑娘见这架势,对小伙子张张嘴想说什么,可又噎了回去,只是用手将小伙子往旁边扯。可小伙子怒气未消,不甘罢休,两个人越争越厉害。

公共汽车停下了,售票员打开车门说:"吵架的请下去吧,前面就是派出所。"

两个人一个不罢休,一个不服气,便相互拉扯着下了车,向派出所走去。

正在值班的民警一见他俩进来,便问:"怎么回事?"

老稀拉愤愤地说:"在公共汽车上,他逼着我解裤裆扣子!"

民警转问平头小伙子:"嗯?你这是要干什么?"

平头冷笑一声说:"他在公共汽车上耍流氓行为,把人家姑娘的东西揣进了自己的裤裆。不信你当场检查!"

民警一听,目光严肃地对老稀拉说:"那么,请你自己将裤裆扣子解开吧。"

进了派出所,民警的话就是圣旨,老稀拉只得委屈地连拉带扯解开了裤裆那排扣子。这一解,竟像变魔术似的,一块软沓沓的东西从裤裆里轻轻飘落下来,还散发出一股香水味。细一瞧,竟是一条女人用的白色手绢!天呀,这玩意是怎么跑进自己裤裆里来的呢?

　　正当老稀拉张口结舌的当儿，门外又走进一个人来，老稀拉一看，正是刚才那个姑娘。姑娘低了头，有些不情愿地向民警同志说出了其中的原委。

　　原来，姑娘是平头的对象，两人刚上车，觉得车厢里闷热，姑娘挤个空档站着，一手抓住车扶手，一手掏出那条香水手绢擦汗，接着就捏在手里往脸上扇风。没提防车子猛一颠晃，手绢没捏牢，往下一落，不偏不倚，正巧掉在老稀拉裤裆那张着的蛤蟆嘴上。手绢的一半落进裤子里头，另一半在裤子外头，可仰头打着瞌睡的老稀拉还全然不知。姑娘顿时又羞又急。旁边那位好心的老汉为了帮姑娘解脱窘境，趁着周围人还没注意，连忙用手捣捣老稀拉，给他使眼色。但糟糕的是，老稀拉醒来后并不知其中缘故，稀里糊涂竟将那外头的一半当成了裤衩，也塞进了裤子里。他这个糊涂荒唐的动作，恰巧被姑娘身旁的男朋友扭头发现，于是引起了这么一场不大不小的风波。

　　这工夫老稀拉在一旁也慢慢听明白了这段原委，他连忙捡起那条香水手绢，双手捧到姑娘面前，一个劲地赔不是："对不起，呃，谢谢……"

　　姑娘瞪了他一眼，抬手将那手绢打落在地，咕噜了一句："神经病！"说完，拉着平头出门走了。

　　老稀拉总算松了一口气，他抹抹额上的冷汗，心有余悸地问民警："我，也可以走吗？"

　　民警瞪了他一眼，说："别以为穿着整齐不重要，这回得到教训了吧？"

（林　森）

加床垫

　　塞北有家国营工厂，厂里有个科职干部名叫李庆祥。李庆祥不幸身染肝癌，已到晚期了。他知道这种绝症已经没有半点指望，心想：与其待在家里等死，还不如趁腿脚还能动弹，去逛逛大城市，也不枉白来人世一回。于是，他借口当地医院设备落后，要求去大城市公费医疗一次。

　　这天，他乘了火车，来到沈阳，等乘客们下得差不多了，才拎了一只小包，歪歪斜斜出了车站。到了大街上，走了一程，忽然肝部又剧烈地疼痛起来，他急忙靠在一根大理石的柱子上，喘息一会，又从衣兜里掏出止痛片，吞了几粒，然后就急着去找旅店。

　　他走了没几步，在昏暗的路灯下看见一家门面不大的小旅店,他探头往里一看,看见服务台里面坐着一个30出头的男人,就上前问道:"同志,有单人房间吗?"那男人马上热情地站了起来,忙不迭声地答道:"有,有。"一边打量着李庆祥,一边接过他递来的工作证,一看是远道而来的,更是热情迅速地办好了登记手续,把钥匙递给李庆祥,同时眨一眨小眼睛,把嘴凑到李庆祥的耳边,小声嘀咕说:"您要加个床垫吗?""加,当然要加。"李庆祥嘴里说着,心里也在嘀咕:这帮吝啬的城里人!床不加垫子,让人睡在硬木板上?这不要我提前挺尸吗?

李庆祥接过钥匙,进了房间,拴好房门,就感到疲惫不堪,他不洗不刷,就一下子躺在床上。忽然,他想起内裤还缝着单位里给他的三千元钱,忙伸手去摸了一摸,钱在,这才放心地闭上双眼,没一会儿,就迷迷糊糊地入睡了。

在迷糊中,他仿佛到了另一个世界:街上都是花枝招展的妙龄女郎,一阵阵高级香水味向他袭来;接着又觉得有人在解他的衣裤,他一下醒来了,睁开眼,蒙蒙眬眬地瞧见一个裸体女郎坐在他身边,在解他的纽扣。他还以为这是在梦里,心想:人常说"红粉爱少年",我这么个干瘪老头,咋还会有此艳福?

此时,那女郎已剥掉了他的外衣,正要解他的内衣,他一个激灵,睁大眼睛惊慌地叫了起来:"你,你是什么人?"女郎松开手,把食指放在两层鲜红的嘴唇上,示意他别出声,然后嗲声嗲气地说:"您不是要加床垫吗?我们旅店虽小,但服务质量是一流的,顾客至上,信誉第一,您到了这里,就像到了自己家里一样。"她把"家里"两字说得特别亲切。

李庆祥这才知道:原来加床垫是这么个加法。他浑身虚汗直冒,女郎见他如此模样,"噗嗤"一声笑了,马上拿块满是香水味的手帕帮他擦头上的汗珠,并且趁机把身子贴了上去。李庆祥连忙推开她,连惊带吓地说:"不……我……我不……"女郎附在他耳根边柔声柔气地说:"哟——你看你,急什么,咱们公平交易,等事后,价钱您瞧着给就是了。"说着就施出她特有的推拿按摩的功夫来。这一下,李庆祥可难把持了,直觉得从脚底到脑门都像通了电一般,禁不住心狂意荡,心猿意马,难以控制自己了。此刻,李庆祥虽说年近半百,又有绝症缠身,但不知哪来一股狂劲,竟然陡地从床上坐起,喘着粗气,一双眼睛红红的,抖抖索索地伸出双手,一把把那女郎按倒在床上……

正在这时,房门突然"笃笃笃"地响了三下,李庆祥慌了神,女郎却镇静地拉过一条被子盖在他身上,叫他别出声。她自己抓过一条浴巾披在肩上,又顺手将他的几件衣裤抓在胸前,下了床,去开门。她开了一下门,马上折回来,对慌作一团的李庆祥说:"没有人,怕是咱们神经过敏吧。"这下,李庆祥那颗悬在半空中的心才放了下来。

天刚蒙蒙亮时,李庆祥依依不舍地目送女郎出门而去,心里感到无比满足:呀,没想到自己的生命快到终时,还能睡上这么一张令人销魂的"床垫"。他正痴痴地一遍又一遍回味"床垫"的美味时,突然肝区一阵剧痛,他吃力地去拿衣服,想服几粒止痛药,谁知在床上翻了几遍,不见自己的衣裤,再从桌上找到椅上,连衣裤的影子也没有。这时他想到缝在内裤里的三千元钱,惊得"天哪"一声叫,便一下瘫在床上。他哪里知道,就在女郎去开门时,他的衣裤从女郎手中传到了那开票的男子手里了。

李庆祥躺在床上,快速地向黄泉路上奔去。他感到心疼的是:加只"床垫"竟要花三千元的代价,太贵了!

(扬 子)

司机的得失

　　这天,一辆县供销社的大卡车停在小镇上,一位六十多岁的乡村老头走到驾驶室门边,对里面的司机说:"小师傅,帮帮忙,我有急事要进城,让我搭你的车行吗?"

　　那司机打开驾驶室的门,为难地说:"我作不了主,等师傅来了得问问他。"说着话,见日头很毒,就客气地说:"老人家,你先在驾驶室坐一下。"

　　老头于是便感激地坐进了驾驶室。

　　谁知那老头刚坐下来不到两分钟,一个25岁左右的年轻人趾高气扬地过来,见里面坐着一个老头,便没好气地问:"你坐在这里干什么?"

　　旁边的助手忙解释道:"师傅,这位老人家有急事,想搭车进城。"

被称作"师傅"的年轻司机一听,满脸不快,大声训斥道:"他有急事,管我什么事。下来,下来!"

老头赶紧恳求:"师傅,我实在是急着赶到县里开会去的,请帮个忙吧。"

司机把眼睛朝他翻翻,挖苦道:"你去县里开会? 那就该由县里派小车来接才是嘛!"

两人正在纠缠,那边过来两个打扮得花枝招展的姑娘,其中一位对着司机甜甜地一笑,说:"师傅,帮个忙,让我俩搭您的车进城。"

司机抬起头对两个姑娘上上下下看看,好半天才嘻嘻笑着:"行、行,今天我反正是跑空车,上车吧!"

那姑娘把嘴一撇:"怎么,让我们在上面晒太阳?"

司机猛然惊醒,一拍自己的脑瓜:"该死!"说着对助手一努嘴:"你站到上面去。"又对那老头说,"你聋啦? 快下去!"

老头把这一幕都看在眼里,不免感慨地说:"她们是人,我也是人,为什么要两样对待呢?"

司机见揭了自己老底,气得火冒八丈高,一用力把老头拽下车来。

老头无可奈何地摇摇头,上去轻轻拍了拍司机的肩膀:"小伙子,做人可不能这样呀!"说完便独自走了。

司机安排妥当,"叭叭"按了几声喇叭,卡车向县城开去。他一面开车,一面有一句、没一句地和两位姑娘搭讪,握方向盘的手臂有意无意地朝坐在身旁的姑娘身上摩擦,窘得姑娘满脸通红,又不便发作,只得向外挤,可是,司机狡猾地把卡车开得颠簸摇晃,使得姑娘坐不稳,一不小心便倒在他身上。就在他得意之际,突然觉得右手臂一阵发麻,起初没在意,可是不到五分钟,他觉得这手臂好像失去了知觉,竟然不能动弹。他吓得赶忙紧急刹车,把助手叫了下来。

助手觉得奇怪,问道:"怎么了? 师傅。"

司机皱着眉头说:"不知怎么搞的,我的右手臂不能动了。"

这时,两个姑娘如遇大赦,赶紧逃出驾驶室,说:"师傅,我们上后车厢去,让这小师傅坐这儿吧!"

司机一想,也只好这样,于是就让助手接着开车。

一路上,司机只觉得右手臂难以名状的疼痛,好不容易挨到县医院。医生检查了半天没发觉什么异常,就叫司机去拍片子,然而片子上仍看不出有丝毫异常。他的助手忽然想起县搬运公司医务室有位伤科医师挺有名气,于是建议师傅不妨请他看看。

来到县搬运公司医务室,医生仔细查看了他的右臂,眉头越皱越紧,问道:"你是哪个单位的? 手臂是什么情况下开始麻木的?"

司机答道:"我是县供销社汽车队的,从小镇开车回县城的路上,忽然手臂不能动了。"

医生听到,神情严肃地对司机说:"你是被人点了穴,据我分析是'五百钱'的手法!"

司机和助手闻听,大吃一惊:"五百钱?"

医生肯定地说:"是的,如不及时解除,这条手臂的肌肉就会坏死,再拖延下去,还会危及生命。"

司机吓得浑身打颤:"医生,救救我,救救我!"

医生低下头,认真沉思了一下,问:"你有没有冤家对头?"

司机摇摇头说:"可以说没有。"

医生又问:"你从小镇回城,路上遇到什么事没有。"

司机想了想又摇了摇头,说:"没有。"

医生很严肃地说:"你应该知道,解铃还需系铃人。请你把当时的情况仔细回想一下。"

司机仍是肯定地回答："我上午送一车货去小镇,卸完货就放空车回来,没遇上什么不对头的事情。"

医生听了便启发道："回来时,有没有人搭你的车?"

这一提醒,司机顿时想起来了："对对,有人搭了我的车,不过我……""说下去呀,不然我也无能为力了。"

司机为了活命,只好把事情经过说了一遍。

医生听完,注意地问："那老头有没有碰你?"

"他拍了拍我的肩膀,说了我的不是,便走了。"

医生点点头,说："看你样子,还能知错认错。不过,这'五百钱'是门气功,我爱莫能助。我给你介绍一位武师,他是我县武术协会德高望重的副会长,现住在县招待所302房间,听说下午就要回家,你们赶快去吧!"

司机和助手急匆匆赶到了县招待所,敲开302房间的门。看那房客,司机顿时面色一阵红、一阵白,徒弟失声道："这不就是那天要搭车的老人吗?"

司机抢上一步,惭愧地说："老师傅,那天,我……我实在是太不该了!"

老头听了他们的话,笑哈哈地拍了拍司机的肩说："小伙子,情况有人都告诉我了,你能知错就改我很高兴!"

司机红着脸对老头说："那老师傅,请你帮我治一下这手臂。"说完便把右臂伸了出来。

老头笑着说："治什么手臂?"

司机有点不知所措,点头道："我、我的右手臂不能动了。"

老头一听此话,又哈哈大笑起来,说道："你刚才不是把手臂伸出来了么?怎么说不能动了呢?"

司机被老头一提醒,猛然发觉自己的右臂竟然能动了,他还不敢相信,又用力挥了几下右臂,果然无一点异常,他又惊又喜道："我的手臂好了!谢谢你,老师傅!"

（冯　婕　二　马）

电车上的第三者

　　晚上十点钟,一辆26路电车停靠在陕西南路站头时,上来一男一女,那女的黑发似瀑布倾泻在肩上,脸色白里透红,嘴唇鲜红得如一颗熟透的樱桃,高高的鼻梁上架着一副墨镜,手腕上挂着一只精致的手提包,十足的香港小姐派头!那男的西装革履,风度翩翩,此刻正一只手拉着扶手,另一只手让女的挽着。两人还不时窃窃私语,像一对热恋中的情人。

　　不一会,车到西藏路站头停下,车门打开,他们俩刚要下车,突然从黑洞洞的香蕉座上跳起一个女人,飞快地冲到他们面前,双手一拦,气势汹汹地说:"慢!你们到底是什么关系?"这一声怒喝,立刻把大家的视线集中过来,连售票员也忘了关车门。

　　那男的定神一看,猛吃一惊:"咦,你怎么来了?"

女人像头咆哮的母狮,两眼充血,拳头紧捏,浑身发抖:"我早就盯上你们了!哼,怪不得你现在每夜要晚一个多小时回家,原来是被这狐狸精迷住了!"

车上的人顿时都明白了是怎么回事,掩嘴窃笑:"嘻,第三者!嗨,这下有好戏看了!"

男的急了,连忙向女人解释:"你别误会,我只是每天上完课送她回家!"

"要你这么起劲干吗?你教你的书,难道她连自己的家也不认识?还发嗲呢,手挽手,头挨头,不要脸的东西!"

"算了,总是夫妻,你就原谅他这一次吧!"

"向老婆认个错算了!"

不少人为这对夫妻打圆场。

"不,她不是第三者,我们是师生关系!"男的涨红了脸大声争辩。

"你还敢嘴硬!"女人话到手到,"啪"不客气地给了丈夫一个响亮的耳光。

听到清脆的巴掌声,在旁边的姑娘憋不住了,忙喊:"你别错怪人。"说着话,一下取下戴着的墨镜。

"啊——"一阵平静过后,大家都叫了起来。"她是盲人!"

只见姑娘的脸上淌下两串晶莹的泪珠,她抽泣着说:"老师……知道我有一次险些撞上了汽车……便天天来送我。"

女人一听这话就什么都明白了,一种深深的内疚,使得她情不自禁地上去握住姑娘的手:"对不起,实在对不起!"

夜阑人静,明亮的路灯把三个人影斜斜地投在宽阔的马路上。

（林树荣）

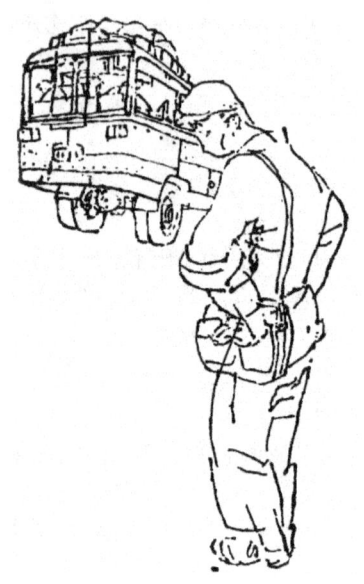

车不等人

　　耿老汉这几年养牛发了点财,身边有了钱,腰板就硬,说话喉咙也响了。

　　有一次,他进城去玩,什么跳舞厅呀、卡拉 OK 呀,都去见识一番,足足风光了两天,这才准备回家。这天下午,他到车站买好了第二天早上 6 点半的汽车票,晚上,他哪里也没去,就在旅店里看电视连续剧《渴望》。由于睡得太晚,第二天早上醒来一看手表,坏了,已经 6 点 31 分,等他赶到车站,汽车早已开走了。

　　耿老汉找到站长,问道:"我还没到,你们怎么就发车呢?"站长看看他的车票,指指手表说:"都过了 10 分钟了,你还想我们的车子等你呀?""不就那么几分钟吗?""1 分钟也不行! 车不等人你懂么? 要是都像你这样姗姗来迟,我们都等,那不乱套了吗?""好,不等拉倒!"耿老汉说着将车票往桌上一扔,"那就把车票给退了。"站长说:"不能退,我们现在是承包到车,单车核算。再说,误车是你自己造成的,责任自负。"这一说,耿老汉更恼了,抓过车票撕了个粉碎,气呼呼地说:"这几个车票钱我不在乎,少去一次医院有好多车票可买,但我要看看你们究竟是真不等人,还是假不等人?"说完又到售票处买票去了。

第二天早上,耿老汉6点就来到了车站候车室,等到6点25分检票进了站,但他不急于上车,只是站在一边看。6点半到了,车上没人,司机说:"再等一等吧,可是等到6点40分,还是没有人,又等到6点46分,依然没人上车。这时,耿老汉见站长走来了,急忙跨上车子,冲着站长叫道:"哎,你们是怎么搞的? 6点半的车,现在都快6点50分了,为啥还不发车?"站长忙说:"老师傅,你别急,再稍等一会,马上就开。""你们究竟等啥呀?""等人么!""我说站长,这你就不对了,昨天你亲口说'车不等人',今天怎么等起人来啦? 你们的政策倒是变得快呀!"站长细细一看,知道他就是昨天找到办公室里来的那个老汉,心想:别看他是个乡巴佬,还够厉害的! 所以连忙解释:"老师傅,对不起,今天是特殊情况,因为我们卖出去45张票,是团体买的,但现在只来你一个,这总得等一等嘛。"

耿老汉乐了,摸出一把车票说:"看见了吗? 车票全是我买的,不为别的,就为要你说一句'车得等人'。好,别等啦,开车吧!"

车开了,司机问耿老头:"你很有钱吧?"耿老头笑笑:"嘿,树争一层皮,人争一口气么,花点钱算啥!""好,倔得有水平!"司机说完笑了,耿老头也笑了,像是打了个大胜仗。

(高建宏)

抢座

马庄村口是个中途小站,这天村里有个叫马小六的小伙子要上县城去,汽车进站时,他一眼望去,车厢里已座无虚席,过道上还有不少站着的。

马小六不乐意了:一样花钱,为啥要买个"站票"呢?

他一骨碌抢先上了车,那一对牛犊子眼往四周一扫,瞄着一位老大娘正站在一个空座旁,从提兜里掏腾什么,便"嗖"窜将上去。

老大娘一看有人要抢座,急忙伸出手挡,谁知马小六已经一屁股落在了座位上,惹得周围一些人忍不住呵呵直笑。

老大娘皱眉头了:"同志,这……"

马小六抹着汗,得意地斜了老大娘一眼:"怎么,兴你坐就不兴我坐？"

老大娘着急了："嗨,不是……"

这时,站在老大娘身后的一个大汉"噌"地一下把马小六拉了起来。

马小六火了,怒目圆睁地吼道："干什么？ 你存心要打架怎的？"

那大汉慢条斯理地说："谁跟你打架？ 快看看你的裤子吧!"

马小六低头一看,感觉不要太好哟! 新做的人字呢裤子,两条裤线笔直笔直的。

"后边!"那大汉吼了一声。

马小六回手一摸,哎哟,竟摸了一手屎。再扭头一看,那黄乎乎的屎沾了自己一屁股。

"是谁这么缺德？"马小六站又站不住,坐又坐不得,气呼呼地骂着。

老大娘指着脚跟边的一个小小孩说："咳,我这小祖宗刚才闹肚子,我正从提兜里掏卫生纸要擦呢,可你就闯过来了,拦也拦不住。我帮你擦掉吧!"

车子还没开,车厢里已经臭气四溢。

人们捂着鼻子直想笑:这就叫"得便宜处失便宜"!

(胡钟山)

搭　车

　　县剧团化妆师曹汝明为体验生活,来到离县城数百里之遥的偏僻小镇。当他满载收获准备回县城时,搭车却成了一个问题。这个山镇交通闭塞,和县城没通班车,因此要想回城,只能搭乘过路去县城的运输货车。

　　曹汝明一早来到公路边,汽车一辆一辆从他身边驰过,他满怀信心地招手搭车,可是那些司机无论是老师傅还是小伙子,都只是瞥了他一眼,连速度也不减地从他面前急驰而过。

　　山区的天说变就变,刚才还是晴空万里,眨眼间巨大的乌云漫过蓝天,一场大雨就要来临。曹汝明抬起手腕看看表,这才发现自己已经在公路边候了四五个小时了。天啦,四五个小时自己好做多少事情啊!

远处天际已传来隆隆雷声。这时,又有一辆卡车开了过来,他赶紧招手停车。汽车速度放慢了,他一阵狂喜,连忙回身去提身后的行李。可谁知当汽车在他前面停下,他提着行李跑去时,却见司机下车将正站在他后面的另一位姑娘扶上了车,"砰"地关上车门,将车一溜烟开跑了。

他这时才突然意识到,先后和他一块等车的四五个姑娘,全都"一路顺风"了。于是,一股无名之火直冲脑门,烧得他耳红脖子粗:这世界上,男人跟女人到底是怎么一回事?

他突然冒出了一个念头,心中一喜,提着大包小包又回到了旅馆。数十分钟之后,一个风姿绰约的漂亮女人走了出来。不用说,这个女人就是曹汝明假扮的,他的化装技术还挺高。

他依旧来到先前的公路边,顿时,路上许多双眼睛从四面八方齐刷刷射来,真看得他心底阵阵发虚。

"嘀嘀嘀"一辆小型"五十铃"开了过来,曹汝明忙将高耸的"胸脯"向前轻轻地挺了一挺,随之腰肢一扭,不待他喊,汽车已轻轻地滑到了他的身边,车门正好对着他。他掩饰不住的高兴,几乎是迫不及待地一把扭开车门提上包,然后温柔地坐了进去。也正在这时,暴雨倾盆而至,曹汝明长长吐了一口气。

几小时之后,汽车出了山区公路,进入了宽阔的田野,县城已近在咫尺,青年司机也似乎轻松了许多。

然而曹汝明从一上车那时起,就有一种莫名其妙的担心,他真怕青年司机会对他做一些越轨的事,那样的话就太难堪了,也许会被别人扔下汽车去!现在汽车出了崎岖险峻的盘山路,前面公路四平八稳,他的这种担心又多了起来。

他偷眼瞟过去,乍见司机稚气未脱,敢情还是个未婚配的小伙子,一张姑娘般的苹果脸上嵌着一对黑白分明的大眼睛,依旧一丝不苟地注视着前方,丝毫就没有"走邪"之嫌。他茫然了,一股强烈的内疚感袭上心头,他觉得自己的行为很无聊。

大约又过了半个多小时,汽车终于进了县城。这时,司机用征询的目光看了看身边的他,那意思分明是在说:请问大姐,在什么地方下?他忙说:"前边街口吧。"汽车缓缓地驶到了他所指的地方,该下车了,然而他的身子怎么也挪不动。此时此刻,他的心里正进行着激烈的斗争:要不要向司机坦白呢?也许这是彼此唯一的一次见面,一分手什么也就不复存在了;可就这样分手,留下的也许就是终生遗憾,因为我根本就没有理由欺骗一个正经的好人。

青年司机见状,问:"你怎么啦?大姐。"

他没有作答。过了片刻,终于把心一横,牙一咬,伸手卸下自己的伪装。他转过头去,注视着青年司机说:"兄弟,实在对不起!我本是剧团的化装师,可以不费吹灰之力通过化装'以假乱真',可今天这个'装'我实在是不该化,请你原谅。"

"原谅?"司机微微一怔,他根本就没有责备对方的意思,"你叫我原谅?"

"是的,诚恳地请你原谅。"

"可是,我实在弄不明白,应该是谁原谅谁。"

只见青年司机伸手将鸭舌帽摘下,一蓬乌黑的秀发一下子抖落在肩头……

曹汝明看得目瞪口呆,原来潇洒稳重的青年司机竟是位美如冠玉的大小姐!

司机道:"作为女人,干司机跑长途我费尽了心思,企图摆脱男人的纠缠,没想到今天……"她说着又苦笑了一下。

曹汝明愣住了。

(唐　桦)

大板站

这天,某长途车站内,去林东的客车马上要发车了,只见从车站门口走过来一个拎着大包小包的老太太。售票员安姑娘赶紧迎上去,热情地招呼道:"大娘,是去林东的吧,车子马上要开了,请赶快上车吧。来,东西我帮您拿。"

安姑娘把老太太扶上车,又帮她安顿好位子。老太太感动得嘴巴里一个劲地夸:"好闺女呀,你真是个好闺女。"

果然,老太太刚安顿停当,车子就起动了,离开车站扬长而去。安姑娘没歇一口气,便开始挨个到座位前售票,摇摇晃晃了好一阵子,自己总算坐了下来。

老太太赶紧伸过头来问:"闺女呀,这离大板站有多远哪?"安姑娘回过头来,笑眯眯地对老太太说:"大娘,还远着呢,您老别着急,先睡会儿,打个瞌睡。"老太太点点头,便靠上椅背,闭上了眼睛。

车子一路颠着,车厢里静悄悄的,许是睡意感染吧,安姑娘这时也觉着倦意阵阵袭来,上下眼皮直打架。可她刚闭上眼睛,老太太却像做了噩梦似的猛地站起来,问:"闺女呀,到大板站了吧?"

安姑娘被吓了一跳,摇摇头耐心地说:"大娘,您别着急,还有两个小时的路程呢,到时候我叫您,您就放宽心睡吧!"

老太太这才似乎放下心来,挺不好意思地点点头,嘴里喃喃着:"闺女呀,那就太谢谢你啦。"

车子继续在公路上奔驰着,突然一个拐弯,安姑娘的头撞在车门口那根把手杆上,给撞醒了。安姑娘下意识地伸手一看表:"呀,过三个小时了,完了,这下可惨了,大板站早就过了。"

姑娘回头一看,不由吐了下舌头,幸好老太太还没有睡醒。她赶紧走到司机跟前,商量加乞求,司机挺通情理,车子掉转头,又向回开去。

大板站到了,安姑娘终于露出了舒心的笑容,她轻轻推醒了老太太,便伸手去替她拿包。

老太太揉揉惺忪的眼睛,发现安姑娘拎着她的包已经跨下车,急得赶紧颠过去,拉住问:"闺女呀,你这是干啥?"

"大娘,到大板站了,您该下车了。"

老太太急了,她不知哪来的力气,一把就拽过来自己的包:"谁说我要下车了?"

"那您刚才让我叫您……"安姑娘的眼睛瞪得溜圆。

"嗨,那是我儿子告诉我,车到大板站的时候,我要吃一次药。"

(赵雅珍)

匝 测 人 心

　　狡猾的计谋只能使你占一次便宜，但是以后永远要吃亏。

此事多亏『一线天』

　　齐各庄有个车老板叫齐老贵,今年四十五岁,是爱打哈哈好闹趣的诙谐人。他的眼睛长得特别小,笑起来整个脸上的皱纹都聚成了一朵老菊花,你就分不清哪是眼睛哪是皱纹了。因此村里有人背地里叫他"一线天"。他听了也不介意,反而眯眼一笑,说:"你们可别看我这'一线天',小有小的好处,刮风不用闭眼!"

　　有一次,他去省城为队上买电滚子,半夜里登上火车一看,不由直皱眉头:车上的人太多了,别说没座位,就连走路的过道上也横七竖八坐了不少人。齐老贵小心翼翼地跨过过道地板上坐着的人,往车厢中间走。他找了个空档,刚要朝地板上坐,却见身边的座位上有个长头发、留小胡子的小伙儿,背倚着车厢壁,横躺在座位上,直打呼噜。嗬!两人的座位硬是让他一个人占了,这还行?齐老贵这样想着,就上前轻轻推了那小伙儿一下。"干什么?"那小伙儿瞪起了发红的眼珠蛮横地问。齐老贵忙把小眼一眯,掏出包纸烟,抽出一根,递上前去:"小师傅,来一根!"没料那小伙根本不吃这一套,冷冷地用手背把烟挡了回去,又闭上了眼。"小师傅,你往里挤挤。"这一回,小伙儿干脆连眼皮都没抬,说:"这儿有人!"齐老贵心里骂道:有人?你也算是个人?但他一看满车厢旅客大都在昏昏睡着,就忍住气,在地板上坐了下来,不一会儿他也抱着双膝打起盹来。

正当齐老贵昏昏欲睡的当儿,身边传来一个像棉花糖似的又软又甜的声音:"同志,请问这儿有人吗?"齐老贵从眼皮缝里看出去,却见有个年轻漂亮的姑娘,正伸手轻轻推那个小伙儿。小伙儿睁开眼简直看傻了,嘴角上的口水都忘了擦,直到那姑娘不好意思地一笑,他才回过神来,忙不迭地收回自己的腿,结结巴巴地说:"没,这儿,没人!"那姑娘就在他身边坐下了。

也不知过了多久,一阵吵闹声把满车厢旅客吵醒了。只见那个姑娘站在刚才她的座位旁哭泣着,一位年轻的乘警正在一旁安慰着她:"你先别急,钱包就是在这儿丢的吗?""是哩!坐下来的时候还在的,刚才上厕所时一摸,没了!那是别人托我买东西的钱呀!""你先别哭,钱包里共有多少钱?""三百元,全是拾元一张的新票子!""除了钱,还有些什么?"姑娘想了想,答道:"还有……还有一些全国粮票,对了,还有一张我的半身照片!""刚才在你身边坐着的人,现在还都在吗?""都在,"姑娘回答说,"这位大伯一直坐在地上没动窝。"又指了指刚给她让座的小伙儿,小声说,"再就是他,一直靠我坐着。"

乘警的目光停在小伙儿的脸上,小伙儿那张脸早变得惨白,汗珠沁出了鼻尖,在众目睽睽之下,他两条腿都在抖。没等乘警问什么,他自己就心虚地叫了起来:"你们看着我干什么?我可没拿她的钱包哇！不信你们翻！"说着,他从衣袋里拿出一个黑色猪皮钱包,说:"除了我自己的这个钱包以外,你们要能再翻出一个,我把脑袋割给你们！"谁知这时姑娘却指着小伙儿手上的钱包尖叫起来:"那钱包就是我的！"小伙儿一听,叫了起来:"我的钱包怎么会是你的?"

"别吵！"乘警大喝一声,"把钱包给我！"他打开钱包一查看,但见里面不多不少,正装着簇新的拾元票子三十张、几十斤全国粮票,还有姑娘的那张半身照片。乘警拿出那张照片质问小伙儿:"这照片也是你的吗?""不……"小伙的脸立时涨得通红,即刻又变得惨白,张口结舌说不出话来。四周围观的旅客"轰"地像开了锅,这个说:"一瞧他那德性就知道不是个好玩意儿！"那个说:"可不是！一个人占着两个座位,我想坐一会都不让。""这种小流氓,就得好好整治整治他！"

赃证俱在,乘警可不客气了,他上前一步,大喝一声:"走！"就揪住小伙儿往外拎。那小伙儿"哇"地嚎出了声:"冤枉啊,冤枉啊！那是我的钱包呀！那是我攒了一年的钱呀！"

就在这时,一直坐在地板上笑眯眯地抽烟看热闹的齐老贵,突然"哈哈哈"放声大笑起来:"好戏！演得好！哈哈哈！高！实在是高！"他这一笑不要紧,周围的旅客摸不着脑门:这老汉,该不是疯子吧? 乘警也被他笑火了,喝问道:"你起什么哄?"

齐老贵乐呵呵地说:"警察同志,我笑你们搞错了,上了个当！""上当?""对！真正犯事儿的不是这小子,是那丫头！""什么?"大伙全愣了。

原来,当这女子坐下以后,齐老贵就通过他那"一线天"在打量着两个人。他对小伙儿那副没出息的样子感到可气又可笑,你看他,一个劲儿地偷眼瞅那姑娘不说,见人家不理睬,就掏出自己那个黑钱包当着姑娘掏出钱来点。什么意思? 臭显呗！那姑娘并不看他,反而背过身去,从身边拿出一面小镜子,照着整理自己的头发。实际上,她从镜子里却将那钱数全都看在眼里。又过了一会儿,她收起小镜子,拿出了自己的照片来看,小伙儿也忍不住偷眼往照片上瞅。到后来,这姑娘打了个哈欠,睡着了,身子一歪,就把头枕在小伙儿的肩膀上。小伙儿一动不动地坐在那儿,看得出他很愿意那姑娘多靠一会儿。忽然,那姑娘醒来,不好意思地对小伙儿笑了笑,站起来就走了,却把照片掉在了地上。小伙儿拾起了照片,看个没够,他抬头看看,四周的旅客都睡着了,就悄悄把那照片塞进了自己的钱包。他万万没想到,其实这正是那姑娘设下的圈套,不一会儿她就叫来了乘警。

听齐老贵把情况这么一说,四周像炸了营。乘警惊异地瞪大了眼睛,看看小伙,又看看姑娘。小伙儿这时羞得恨不能钻到座位底下去。那姑娘"呜呜"地哭着对齐老贵说:"大伯呀,你可不能冤枉人啊!"齐老贵却笑着对她说:"丫头哇!你大伯冤枉不了你!你当我是睡着了没看见是不是?告诉你,我这眼又名叫'一线天',睁着的时候和闭着的时候差不多,你干的那些事我都瞅见了!"经齐老贵这一说,人们才注意到他的眼睛,顿时"哗"一声哄堂大笑起来。

乘警喊了一声:"大家安静点!"又转向那两人问道:"既然你们都说钱包是自己的,你们就说说这钱包有些什么特征吧!"那姑娘慌了,支吾了半天,说:"这钱包是猪皮的,有四个口袋……"小伙儿来了精神,喊道:"不对,这钱包有六个口袋,是我在县皮革厂订做的,最里边那道拉锁掉了两个齿!"乘警当众一查看,果然不错。那姑娘自知骗不下去了,只好低下了头。

女骗子被带走了,钱包又回到小伙儿手里,他激动地向齐老贵连声道谢。齐老贵却打着哈哈说:"小伙儿,往后多讲点文明礼貌,别一见漂亮丫头就骨头酥!那样早晚要出岔子!"小伙儿脸羞得像块大红布,连连说:"对,对,大伯,你快请坐!"

(宜　冰)

谁是骗子

　　由沈阳开往大连的 304 次列车上，有个容貌俊秀、衣着新颖的年轻姑娘，在拥挤的车厢里朝前挤着。她挤到一个车厢，看到一个座位空着，上面放着一本文艺杂志，有个青年，正低着头，伏在茶桌上写字，便轻声问道："同志，这儿有人吗?"不料对方瞅也不瞅，姑娘生气地瞪了他一眼。

　　这时，对面站起来一位漂亮的年轻小伙子，彬彬有礼地说："同志，请坐这儿吧!""那你……""别客气，我站一会儿，活动活动。""还是你坐吧。"

　　两人一谦让，惊动了那写字的青年，他忙拿起杂志说："这儿没人，都坐吧。"

　　姑娘刚坐下，对面那位小伙子便热情地问道："同志，你在哪儿工作,准备到哪里去?""呃,……我是省话剧团的,去丰城。""啊!这可太巧了,我们不仅是同路,还是同行哪。""那你……""我是市歌舞团的,我叫肖义。你叫啥?""我叫刘芳。"于是,两人就从舞台谈到生活,从生活谈到社会,越谈越投机。

这时,列车上的喇叭响了:"各位旅客,列车为您准备好了午餐,要用餐的旅客请到餐车用餐。"肖义站起身,很有礼貌地对刘芳说:"走,咱们一起到餐车用餐吧。""谢谢,我不用了。"肖义没有再让,走了。

刘芳看了一眼同座的青年,随口问道:"同志,你到哪下车?""啊?嗯,我……我到丰城,不,到泉水。"说完,又继续低着头写起来。

这时,列车一声长鸣,放慢了速度,泉水车站到了。一位一直坐着闭目养神的老大娘猛地睁开眼睛,连忙吃力地从行李架上拽下两个包裹。那个埋头写字的青年急忙起身接过老人的包裹,扶着大娘下车了。

刘芳透过车窗,望着这一老一少朝站台走去。

突然那个青年又拼命地跑了回来,冲着刘芳喊道:"同志,我的旅行袋忘在上面了,是黑色的,上边印有'沈阳'两个字,麻烦你递给我。"刘芳抬头一看,行李架上果然有个像他说的那样的旅行袋。她拿下旅行袋,刚要递出去,忽然心里一动,便开口问周围的旅客:"这个提兜有没有主?"见他们都纷纷摇头,这才放心地将旅行袋递了出去。

火车开动了。这时肖义已吃完饭,回到座位上,他一边用手帕擦着嘴,一边关切地问:"你怎么不吃饭呢?可得要注意身体哟。"刘芳笑了笑,说:"我确实不饿。""撒谎,人是铁饭是钢,一顿不吃饿得慌嘛!来,我兜里带着点心,吃一点吧。"边说边伸手去取提兜。

刘芳刚要阻拦,肖义突然惊叫起来:"哎呀!我的旅行兜哪去了?"刘芳忙问:"什么样的?""黑色的,上边有'沈阳'两个字。""啊!"刘芳叫了一声,赶紧把刚才的事说了一遍。

肖义埋怨道:"哎呀,你怎么能轻信他的话呢,说不定他就是个骗子。"刘芳只好安慰肖义:"别急,咱们再找找看。"说着她立即到行李架上查找,果然在附近又找到了一个同样的旅行袋:"你看这个是不是你的?"

肖义把旅行袋打开一看,见里面装的全是些书,急得把手一甩,大声嚷嚷说:"你看看,这里面尽是啥东西?"刘芳怔了一会,对肖义说:"咱们尽量查找,别嚷嚷,嚷嚷吵吵,东西不会自己跑来。"肖义苦着脸说:"不嚷?你知道我那兜里装些什么?那是我终生的幸福和希望!"

他这一说,倒招得旅客们都关心地围了过来。

肖义说:"事情弄到这地步,叫我咋说呢!我有个女朋友,是个非常漂亮的姑娘,可就是提的条件高,所以一直没能结婚。这次我去沈阳好不容易求亲告友凑了三千块钱,另外还买了一块进口手表、两套毛料、三架照相机、四盒糕点、五袋巧克力糖,全部装在兜子里。临行前还给我女朋友挂了长途电话,让她到车站等候,下车后就去登记⋯⋯"肖义说到这里,激动地看着刘芳,"你说我该怎么办哪?这不全完啦?"

刘芳一听,愣住了。

围观的旅客议论起来,有的旅客劝肖义说:"你也别太难为这个姑娘了,她当时还问过大家。还是报告乘警,想想办法吧。"肖义听了,缓和了语气,对刘芳说:"那好,我不责怪你,咱们坐下来商量商量吧。"围观的旅客听他这么说,也就各自回到座位上去了。

肖义见大家离开后,就低声对刘芳说:"你说这事该怎么办呢?""这⋯⋯我⋯⋯"刘芳一时也想不出个办法。肖义两眼紧盯着刘芳,说:"你要晓得,我失去了这个兜子,就等于失去了爱情,我今年都二十八了，你就忍心让我这样下去吗？"刘芳说："你这话是什么意思？""你听我说嘛，今日咱俩萍水相逢，一见钟情，说不定是天赐良缘，事在人为，咱们能不能把坏事变成好事，只要你同意，咱俩……"刘芳脸色顿时由红变白，她狠狠瞪了肖义一眼，从牙缝里挤出四个字："你别做梦！"然后把头掉了过去。肖义见了，立即把脸一沉，说："咱可把话说明白，要么你答应我的要求，要么你赔偿我的损失，两者由你选择，总之我不能白白让你弄得倾家荡产。你好好考虑考虑！"

这时列车快进丰城站了，刘芳心急如火，她猛地站起来，对肖义说："我就要下车了。"说完，抬步就走。肖义哪肯罢休，他一把抓住刘芳的手腕："哼！你想溜啊！你走了，我找谁算账？"刘芳尖叫起来："你把手放开！"

正在这时，一位旅客把乘警找来了。乘警听他们把事情来龙去脉说了一遍，便掏出一张纸，记下了肖义说的旅行兜里的东西。肖义要求乘警在失物没有追回之前，不能让刘芳下车，他怀疑刘芳和那个骗子是同谋。

列车缓缓驶进了丰城车站，刘芳额头上冒出了汗珠，肖义两眼紧盯着她一刻不放。

就在这紧急时刻，车厢那边跑来一个人，只见他满脸是汗，边跑边喊："这是谁的旅行兜？拿错了！"刘芳定神一看，来者正是那个低着头只顾写字的青年。

这个青年跑到刘芳跟前，气喘吁吁地说："同志，对不起，给你添麻烦了吧？"乘警见了忙问："这是怎么回事？"那青年说："都怪我一时着急，送一位大娘下车，忘掉了自己的旅行袋。我的旅行袋没上锁，这个旅行袋锁着，当我发觉不对时，列车已经起动了，我急忙赶上了尾车，由于车上人多，我好不容易才挤过来。"说完，他换回了自己的旅行包。

站在一旁的肖义见了自己的旅行兜，拎起来就要走。乘警拦住说:"不要走,这是你的兜子吗?""当然,这还有错!""你把它打开,检查一下东西少没少。""这,这就不必了。我完全相信这位同志。""对你负责,一定要打开!"肖义只得掏出钥匙,打开了旅行袋。

在乘警催促下,肖义磨磨蹭蹭地从里面拿出一件花衬衣、两只臭袜子、三张裸女照片、四盘黄色录像带、五块饼干、六颗糖。大家一看,一阵哄笑。

乘警严肃地对肖义说:"把东西收起来,跟我走一趟。"然后又转过身对那位青年人说:"同志,请把你的姓名和单位告诉我,以后有事还要麻烦你。"

那青年说:"我叫于波,是省戏剧协会作者。"刘芳一听,惊喜地叫道:"啊!你就是于波同志?"她上前紧紧握住于波的手,作了自我介绍。

原来刘芳是省戏剧学院的应届毕业生,刚分配到省话剧团当演员,最近她在担任话剧《真情假意》主角时,由于缺乏生活,几次排练都没成功,因此导演就叫他找剧作者于波进一步了解作者的创作意图,以便深化人物思想感情。她不认识于波,听说于波为了完成一部新作,动身去丰城县采访,于是就乘上了往丰城的列车。

当于波知道了刘芳的来意后,笑着说:"今天,你不是已经成功地扮演了剧中的角色了嘛!"刘芳听了又激动又惭愧……

(高光石 郭旭红)

里程碑前的车祸

　　张发财自从喂了一头白眼圈的黑毛驴，又买了一辆加重架子车以后，天天拉货挣钱，倒是实实在在发了点财，小日子过得挺滋润。

　　这天早晨，他套上毛驴车，沿着平展展的国道直奔县城，小毛驴"笃笃笃"一溜小跑，张发财晃着小鞭儿，哼着梆子调，心里乐得甜滋滋的。

　　没多久，来到一块里程碑附近，"517"三个阿拉伯数字历历在目。这时，一个骑自行车的姑娘从后面冲了上来，超过了毛驴车，恰在这时，后边又开来一辆解放牌汽车，司机是个年轻小伙子，见骑车的是个姑娘，便来了个恶作剧，按了两下汽车喇叭。

　　这一按，姑娘倒无动于衷，小毛驴却受了惊，往前猛一蹿，毛驴车一下子挂住了自行车的后轮，只听"劈叭"一声，姑娘连人带车摔倒在路当中。

汽车司机大吃一惊，忙踩刹车，哪里还来得及？"呼"一下，汽车从姑娘身上轧了过去。司机抬头一望，公路上除了毛驴车以外，前后都不见人影。时不再来，机不可失，走！他一踩油门，跑了。

张发财定睛一看，汽车号码是 30—30303，心想：你闯下这么大的祸，竟敢一跑了之？他急忙勒住毛驴，扭头一望，怪了！只见那姑娘摇摇晃晃地站了起来，身上不见一点血迹，双手还哆哆嗦嗦地拍拍身上的土，有气无力地喊道："大叔，救救我……"喊了一声，又栽倒在地。

张发财一见这情景，知道姑娘的举动纯属回光返照，非死不可。她一死，自己也有责任，三十六计，走为上策，赶快离开这是非之地。想到此，他挥手往驴腿上猛抽一鞭，毛驴撒腿就跑。

这时，姑娘直起身来，喊了句："你们跑、跑不了……"接着口喷鲜血，倒地而死。

张发财虽说逃离了现场，但整整一天平静不下来，老是提心吊胆的，见着大盖帽就浑身发抖。

暮色苍茫时，他赶着毛驴回家，当临近 517 公里路碑时，发现路边站着个穿黑衣服的人，这不就是那个姑娘吗？顿时，那姑娘的求救声以及她愤怒的呵斥声都在他耳边轰鸣，吓得他冷汗直冒，灵魂出窍，差点背过气去。

他想勒住毛驴往回逃，可不知为啥，连毛驴也不听指挥，一个劲地往前跑。近前一看，却原来是一棵被汽车撞断了的枯树桩。虽说是一场虚惊，也吓得他要死，拼命抽打着小毛驴，胆战心惊地往家逃。

回到家里，他老婆问他："听说公路上死了个姑娘，你见了吗？"

真是哪里痛往哪里抓,张发财没好气地说:"你管那么多干啥?"

"我问问还不行吗? 听说,交警队经过现场勘察,发现姑娘身上有汽车轮子印,自行车却没有损坏,就是后轮上有一处擦伤。据分析,很可能是什么车挂住自行车后轮,使姑娘跌倒后被汽车压死的。可是闯祸的人却逃之夭夭,现在正在追查,查到要加重处理。"

听老婆这一说,张发财吓得心惊肉跳,吃进嘴里的饭菜直打滚,怎么也咽不下去。心里想:怎么办呢? 去自首倒是方便的,那汽车的型号、车号全在脑子里,可这事我也有份,只怕是进去容易出来难呀!

他转念一想,对了,那车号开头是30,是外地的过路车,交警队再有本事也查不到。姑娘已经死了,我不说,汽车司机不讲,天大的事也会烟消云散的。

晚上,他翻来覆去睡不着,直到半夜过后才迷迷糊糊睡去。可他刚睡着,又做了个噩梦,梦见那姑娘立在他面前笑着说:"张发财,你害死了我还睡安心觉? 告诉你,你们逃得了法律的制裁,可逃不出我的手心! 我记住的,你那黑毛驴长着白眼圈,他的车号是30——30303,总有一天,我让你们也都死在517路碑前面!"

这一下,张发财吓得大叫"饶命",从梦中惊醒。

他老婆问他出了啥事,他只好原原本本地把白天的事和梦中的情景讲了出来,老婆惊得目瞪口呆。

第二天,张发财病倒在床上,时冷时热,胡话连篇,急得他老婆又是求医,又是求神,还请来大仙为他撵鬼,弄了个鸡飞狗跳,也不见病情好转。

一个月以后,张发财的病总算好了,就是浑身乏力,打不起精神来。他扳起指头一算,这一个月下来,少说说损失一千多元。这一算,他坐不住了,决定出车挣钱。

第二天,张发财强打精神,赶着毛驴进城。

车一上路,一颠二晃,竟把张发财送入了梦乡。等他一觉醒来,发现毛驴站着不动,抬头一望,天呀,这该死的毛驴不知啥时候把他拉到火葬场来了,真他妈的晦气!气得他挥起鞭子劈头盖脑地猛抽,打得小毛驴撒腿就跑。

毛驴离开火葬场,又上了国道,跑啊跑啊,转眼来到了517路碑附近。

这时,一辆解放牌汽车响着喇叭从后面急驶而来。张发财扭头一望,啊!这不就是那辆汽车么!难道真的应了梦中的话?

事不宜迟,快躲!他朝毛驴猛抽一鞭,想把它赶到路边去。谁知毛驴突然受惊,四腿一蹦,将张发财摔倒在路当中。

司机见事不妙,猛踩刹车,可偏偏在这紧要关头,刹车失灵,他急忙打方向盘,想避开张发财,但为时已晚,只听一声惨叫,车轮从张发财身上轧了过去。汽车失去控制,一头撞在路边的大树上,司机脑浆迸裂,当场死去。

张发财呢?他和那姑娘一样,摇摇晃晃地从地上站起来,又哆哆嗦嗦地拍拍手,然后朝汽车看看,只见上面的号码是30—30303,他不禁哈哈一笑:"报应啊,报⋯⋯"话没说完,就口喷鲜血,晃了两下,一头栽倒在地上,再也起不来了。

(方　立)

半道好汉

　　张明这两年当上了长途汽车司机,没过多久便发了起来,家里的三大件,银行的五位数存款,全齐了。可每当别人问他经验时,他总是笑嘻嘻地搪塞过去,从不漏半点风声。

　　这天一大早,张明又出车了,载着一车的旅客向市区开去。开着开着,突然"嘎吱"一声,车停了。只听张明说:"众位对不住了,'老爷车'又不想动了,请大家耐心等一会,我得修修车。"说完,拎着工具袋跳下了车。可是过了好一会儿,车还没修好。一位姑娘等不及了,跑下去一看,只见张明正逍遥自在地坐在那里抽烟呢。姑娘气坏了,大声问:"司机同志,车修好了吗? 大伙还要赶路呢。"

　　张明见旅客们都围上来,便打着哈哈说:"众位,不是我不想赶路,只是刚才为你们赶时间开得太快,使我车上那散热装置出了毛病,为了不使这车子报废,我想先停四五个小时,还望大伙见谅。"

旅客们一听可都着急了,七嘴八舌地嚷道:"大师傅,你就帮帮忙吧,我们都还有急事呢。"张明皱了皱眉头说:"现在车队都承包了,一年的修车费也只有一点点,不过真要让我开车也可以,我豁出去到市里好好大修一次。只是也请大伙帮个忙,一人掏三块钱,就算是修车费吧。"

旅客们一听,可真像是炸开了锅,说什么的都有,有的说:"这不是明摆着敲竹杠吗?"有的劝道:"大兄弟,大伙赚点钱也不容易,怎么能这样做呢?"有的无可奈何地说:"算了,还是赶时间要紧,我愿出三块钱……"

两方面正相持不下时,从人群外挤进来一位打扮入时的小伙子,见了张明笑笑,说:"朋友帮个忙,我还有点急事,你就把车开快点吧,这修车费,我帮大伙交了。"说完掏出两百元钱,递给张明。张明接过钱可来劲了:"大伙儿上车,这车马上就开,保证不耽误时间。"大家一看这情形也没话可说了,各自回到自己的位子上。

没过几分钟,张明的车又生龙活虎地奔驰起来,没多久便开进了市区。

车门打开,旅客们纷纷下车,最后下车的是那位慷慨解囊的小伙子,他走到张明面前,用手拍拍张明的肩膀,笑着说:"朋友,我可不希望下次再看到你玩这种游戏。"说完扬长而去。

张明望着他远去的背影,笑着说:"好一位财神爷,但愿下次再见。"说完就想掏出钱来数一数,可手一伸进去吓了一跳,两百元钱一下子全没了,掏来掏去,只从口袋里掏出一张小纸片,他拿出来一读,脸不由白了,只见纸片上写着:"以前我是个很有名的扒手……"

(陈广钢)

捉「黄鳝」

　　一辆巨龙型公共汽车在火车站前广场靠站,车门一开,急着上车的乘客提着大包小包把车门堵得死死的,你挤我,我挤你,彼此前胸贴后背,拼命往上拥。

　　坐在后车厢的售票员小况见如此拥挤,十分焦急。心想:这不是给"三先生"们创造下手的机会吗? 她探出半个身子,一边招呼大家要遵守秩序,一边提醒大家:"把背包放到胸前来,谨防三只手!"

　　她正喊着,发现拥挤的人群中有一位身穿夹克、戴了根红领带的青年人,看上去挺斯文。这个人她认识,是个比黄鳝还滑的小偷!

　　一个月前,就是这条"黄鳝"上了小况的车,他上车后挤到前车厢靠近香蕉位子的地方,站在一位外地老大爷身旁。小况上前售车票时,发现这位"假斯文"从老大爷身上掏出一只皮夹子。小况挤过人群,赶到他的身边。这时,黄鳝也发现了小况,立即主动出示月票,还朝小况笑着点点头。

小况见他装糊涂,便朝大家喊了起来:"各位乘客请注意,当心自己的口袋。"这一喊,乘客们都本能地摸了下自己的口袋。

这时,站在黄鳝身边的老大爷叫了起来,"哟,我的钱包没了,里面有六千元钱呢,是我来上海看病用的……"他急得脸如土色,眼泪都滚了出来。

小况闻言两眼紧盯着黄鳝,黄鳝也不示弱,气冲冲地问道:"你盯着我看干吗?"

小况想:我看你偷了人家的皮夹,还装糊涂? 便说:"如果你把皮夹子丢在地上,就不算你偷,只要你保证下次不偷,我就让你下车。如果你再执迷不悟,想开顶风船,那么,我非叫你翻船不可!"

黄鳝"嘿嘿"一声冷笑,"你说什么啊? 常言说,捉奸捉双,捉贼捉赃。你凭什么说我偷了老大爷的皮夹? 你要能拿出赃证,该抓该罚,随你的便。"

常言说:做贼的嘴比铁还硬。小况见他死不认账,便说:"那我们将车子开进公安局,究竟谁是贼,一查就清楚。"

一会儿,车子进了公安局。民警同志上了车,他们让乘客自己对自己负责,将衣袋抖出来看一下。车上的乘客想快点离开这个是非之地,都主动配合。

没多久,满车乘客都查过了,没发现老大爷的皮夹,最后只剩下黄鳝了。只见他来到民警面前,将夹克脱下,还把每只口袋的袋布拉出来,接着又脱下皮鞋、袜子,最后,连衬衫、汗背心都脱了,只剩一条衬裤了。他问道:"还要不要脱?"他将衬裤抖了抖,人又在地上跳了几下,在场的人见了个个摇头。

黄鳝扬起头对小况说:"以后眼睛睁睁开,别血口喷人。要不然,我上法院告你诬陷我,让你吃不了也要兜着走!"说完,他穿好衣服,昂首挺胸地离开了公安局。

今天,冤家路窄,他又上了小况的车,依旧来到前车厢靠香蕉位子的地方,巧的是他身边又是一位外地老大爷,弯着腰正忙着整理行李。

车辆启动了,小况拿着票板朝香蕉位子走来。就在刚才车辆启动加速、车身晃动的当口,黄鳝以迅雷不及掩耳之势,从老大爷口袋里掏出了皮夹子,这个景头,被小况看得一清二楚。她拨开人群,直奔黄鳝。黄鳝回过头朝她笑笑,依旧装糊涂。

小况见他故伎重演,火冒天灵盖。她转身对那位老大爷说:"大爷,请买票。"

老大爷随手去掏皮夹子,这一掏,竟像中了邪,嘴张开了却发不出声,眼瞪大了眼珠子却转不起来了。隔了半晌,才结结巴巴地说:"我、我的皮夹没了,里面有三千元钱。是、是我儿子做生意的本、本钱……"

这下,车厢像炸锅似的乱了起来,小况却死死地盯着黄鳝,"你说,这事咋办?"

"老规矩嘛,去公安局!"黄鳝十分镇静。

小况想:会不会赃物又被他转移了?她朝四下扫了一眼,地下没皮夹,会不会在车顶上?她伸手在顶棚气窗四周摸了一下,也没皮夹,心想,赃物肯定在他身上,这回非抓住他不可。小况与司机商量一下,车子又开进了公安局。

民警上车,一见又是他俩,便对小况说:"你有确凿证据吗?我们不能对每一个乘客都抄身啊。"小况信心十足地说:"是他偷了老大爷的皮夹,我亲眼看到的。"民警见有人举报,便对黄鳝进行了搜查。

黄鳝十分委屈地说:"我没偷,没偷啊。"说着,他脱下了夹克,解下领带,剥去衬衫、汗背心,接着又脱鞋、脱袜、脱裤子,又脱剩一条短裤了。民警见找不到皮夹子,大喝一声:"别脱了。"转身对小况说:"你没有确凿证据,哪能随便怀疑人呢?"

黄鳝洋洋得意地瞥了小况一眼,说:"哼,我看在这位丢皮夹的老大爷份上,念你同情他的不幸遭遇,放你一马,要不然,非拉你上法院不可。"说完,穿上衣服大摇大摆地走了。

难道这回又是小况看走了眼?不!皮夹子就在车上!

黄鳝等小况的车子开走后,乘上后面一辆公共汽车,尾随其后,在终点站前一站下车,然后走到对面马路的车站,专等从终点站折回来的小况那辆车。黄鳝对小况他们的工作、生活习惯了如指掌。这趟车到了终点站,这个爱管闲事的售票员下班了,车子折回来时,她就不在班上了,所以,他要上车取赃!

一会儿,车子回出来了,黄鳝跳上车,朝后车厢一看,果然,售票员换成一个男的了。他来到香蕉位子前,香蕉位子上坐着三个人,一个抱小囡的妇女,中间是位拄根拐杖的老伯伯,他旁边还有个穿工作服的青年工人。黄鳝想坐在老伯伯中间位子上,因为皮夹就在香蕉位子的背后。刚才,他发现小况在注意他,他将皮夹子用事先准备好的伤筋膏,粘在香蕉位子背后的木板上。只要坐到中间位子上,将手伸到背后,就能把皮夹取走。

可是,老伯伯咳嗽不止,又不住地喘气,他把头搁在手背上,双手又搁在拐杖的弯头上,就是不下车。黄鳝眼看一半路程过去了,有些犯急。

这时,靠前车厢抱小囡妇女要下车了,她刚站起,黄鳝就急着坐了下去,一坐下,就侧转身子,面朝老伯伯将右手伸到香蕉位子的背后,皮夹还在,他心头一喜,拉下伤筋膏,将皮夹捏在手中,便想把手缩回来。

说时迟、那时快,正在这时,只见那老伯伯突然举起拐杖,用拐杖上的弯头将黄鳝的手腕紧紧扣在香蕉位子的靠背上。这时,他咳也不咳了,气也不喘了。黄鳝睁眼一看,那个老伯伯竟是化了装的小况!

"这下你滑不掉啦。"小况得意起来。

黄鳝一愣,连忙松手,他手中的皮夹从香蕉位子底下的空洞中漏出了车厢,他又神气起来:"你这样算什么意思?"

"别紧张,漏出去的皮夹,是我放的诱饵,真正的赃物在这儿——"说着,小况从袋里摸出一只粘着伤筋膏的皮夹子。

原来,小况两次失利,心中不服。明明亲眼看到他偷了皮夹,就在自己挤过去的一刹那,怎么就没了?小况怀疑赃物还在车上,到了终点站,乘客走光了,小况仔仔细细地把车厢查看了一番,终于发现了这个秘密。黄鳝好狡猾!这地方是巨龙型公交车的死角,由于香蕉位子有弧度,后车厢的人看不到香蕉位子的前一半,前车厢的人,谁也不会弯腰去看香蕉位子的背后。小况分析:既然赃物在,黄鳝肯定会来取赃的。于是就故意扮成老头,专等他上钩。

黄鳝虽然手腕被扣住,但他还想滑溜,说:"朋友,皮夹是从你袋中摸出来的,怎么说是我偷的?你不是存心害我吗?"

"别忘了,这伤筋膏是你贴上去的,伤筋膏上有你的掌纹。你嘴能赖,这掌纹是无法赖的铁证!走,去公安局。"

这下,黄鳝像被开水泡过似的,僵僵地再也没法滑了。

(黄宣林)

点穴神功

　　二柱每次进城都很小心。汽车站前的大街两旁,经常站着一些跑江湖的在招徕生意,二柱心里清楚,这些人都是骗子,所以他从来不去围观,自然也从未上过当。

　　不过,二柱也暗自思量:大伙也是明白人,难道会睁眼瞎上当? 那些骗子当真能骗到钱?

　　这天,二柱进城联系柑橘销售的事,刚下车就见一拨人在围观,只听得圈内一个大嗓门正响得起劲:"……现在虽说天下太平,但小偷小摸越来越多,拦路抢劫也不少见。有道是'闭门家中坐,祸从天上落'。出门在外,防身最要紧,本人为弘扬民族武术,特到贵地来传授祖传功夫,分文不取,分文不受……"

　　二柱一听,就知道是怎么回事了,要是平常他早就走人了,可今天却不知怎么的，那声音好像有点中听，也有道理，二柱不由自主地走了过去。

原来，二柱是城郊有名的柑橘专业户，每到柑橘成熟时，小偷小摸就不断，开始还能唬得住，后来，那些人胆子越来越邪乎，小偷小摸不过瘾，索性是十多人一齐哄抢，像蝗虫似的，谁碰上谁倒霉。虽说有派出所，但人少顾不上。今年眼看柑橘就成熟了，二柱心里真有些不踏实，每次看完武侠片后，明知那些武林豪杰的功夫大多是特技表演，但还是心驰神往：如果自己有那功夫，谁还敢到橘园里撒野？同村的二狗子去年到少林寺住了几天，剃了个光头回来，就再没人敢打他橘园的主意了。今天若能学两招回去，那也真算没白来一趟城里。

二柱赶紧挤进圈里，只见圈中央站着一精瘦汉子，四十岁上下，身着一件玄色对襟衫，脚蹬一双"踢死牛"，正抱拳向四周行礼。礼毕，他开口道："人身有十二大死穴，根据一天中十二时辰在周身运转的情况，不同时辰有不同穴位的开合，当这死穴是开着时，只要你在上面一击，轻则重伤，重则丧命，此乃本人祖传功夫——'点穴'。今到贵地，只为弘扬民族武术，钱财分文不取，只为诸位传授这祖传功夫，以实现我高祖的遗愿……"

那汉子话音未落，一青年警察挤了进来，对那汉子大声呵斥："快走，快走，不要在这里耍嘴皮子骗人了。这么多人，影响交通。"说着，抬脚在那汉子的旅行袋上踢了几脚。

那汉子强压怒火，大声分辩："我免费授徒，骗人什么？至于我的功夫是真是假，可以当场一试嘛。"

一听此话，人群一阵骚动，纷纷起哄，围观的人也越来越多。那青年警察不服气地说："就在我身上试试，怎么样？"

"那就恕我无礼了。"话音未落，那汉子已伸手在青年警察身上"啪啪"连击两掌。众人还未回过神来，只见那青年警察已"扑"地倒下，浑身抽搐不已，动弹不得。

正在众人目瞪口呆之时,那汉子连忙伸手用拇指在青年警察肩头一按,将他扶起,一面帮他拍打身上的灰尘,一面连声道歉。那青年警察面色难看,支吾了几声,低头走出圈子,头也不回地走了。

看到这一幕精彩表演,众人赞叹不已。二柱也动了心思,大喊道:"师父,能不能也教我们几手?"

这一喊,引得大伙纷纷响应。那汉子笑了,末了,他脸色严肃地对大伙说:"高祖曾立下门规,择徒授艺必须人品第一,切莫误传坏人,贻祸社会。眼下这么多人想学,我看还是以后再说吧。"说完,提上旅行袋就走。

众人哪肯让他走呢! 那汉子推辞不过,只得大声说道:"我还没吃早饭呢,身上分文不剩,哪位给师父出点早饭钱?"

一听这话,众人纷纷掏出钱来,一毛、二毛、五毛⋯⋯二柱更是积极,掏了一块钱。

那汉子环视一周,微微一笑:"谢谢,谢谢诸位。"他沉默了片刻,面有难色道,"过几天,我要到北京参加全国民间武术大会,哪位给师父出点路费?"

路费? 这可不是几毛钱、几块钱可以随便打发的,顿时人群散去了一大半,只剩下十来个人也闷不出声。半响,又有几个人离开。

就在这时,只听一声:"师父,我出二十块。"一个瘦脸青年拿出二十元钱递给师父。一见有人带头,有几位也掏出钱来。二柱一数,有四位掏了钱。前两位掏二十元,后两位掏了十元。二柱一咬牙,也掏出十元。

师父挨个扫了一眼,问:"你们可都是自愿?"

"自愿,自愿。"

"你们不怕我骗你们的钱?"

"不怕,不怕。"五位小伙子忙不迭地回答。

"哈哈哈哈……"师父突然大笑起来,"我那是有心考考你们,看来还是你们五位心最诚,我就收你们为徒。钱呢,你们还是收起来,我说过分文不收的。只要你们诚心诚意认真学武、弘扬正义就行。"说完,师父领着五位徒弟来到他住的一个小旅馆。

进得房间,五位徒弟围着师父坐下,只见师父从包里拿出一张挂图,慢慢讲解起来:"人体中的十二死穴分布在人体的各个部位,头顶百汇穴、太阳穴,这两大穴位子时闭合,如要攻击最好在子时……"

他说得很具体,可是五位徒弟哪里耐得住性子,只想师父快传授真功夫。只见瘦脸小伙"哼哼"起来:"少耍嘴皮子,来点真格的吧,别卖那狗皮……"

"啪""瘦脸"话没哼完,师父脸色突变,伸手一掌打在瘦脸的头顶上,瘦脸立马倒地,翻着白眼,动弹不得。

这一下,把其余四位都震住了。

师父严肃地说:"练功者,心在诚,信则灵,灵则通。你们要牢记,像他这样心急,很难通灵。不过也是心情太急,急于求成,可以理解。"师父边说边在瘦脸的背部点了几下,只见瘦脸缓过气来,再不敢轻举妄动。

师父接着说:"这是百汇穴。"他摸着自己的头顶,"中午十二点,血脉在此交汇,此时若在此处击一掌,轻则致残,重则丧命。"说罢,他在二柱头上拍了一下。这一拍,虽说不是如雷贯耳,可二柱只觉得发根直竖,心惊胆颤。

师父见状哈哈一笑:"小伙子,你太紧张了。好了,现在我正式给你们传授我祖传的点穴神功。首先给你们每人一张人体穴位图,请记清人体各穴位的位置及开合时辰,然后凝神静气,看准对方穴位,出手要神速,攻其不备,才能成功。"

大家专心致志地听着。"刚才这位小徒弟倒下时,我只轻轻点了他的丹田穴,大概只用了两斤力气。如果我用八斤力气,也就是将热水瓶提起来的劲,那他就要致残,若用三十斤力气,就可能致命了。所以在点穴时,还要注意用力的轻重,否则容易出大事故。另外就是解穴位的方位也比较复杂,图表上都有解释,还要你们用心去学。师父引路,全在徒弟们勤学苦练,只有融会贯通,才能运用自如。"一席话,说得五位徒弟俯首帖耳。随后,他又讲解了一番穴位经络之理,听得众徒弟似懂非懂地一个劲点头。

"现在你们可以一边对照穴位图,一边互相对练,试试你们学的点穴神功了。"大伙你望我,我望你,难以相信,谁也不敢先动手。

师父见状,一把拉过二柱,又一把拉起另一位留着小胡子的青年,对二柱说:"现在你试试在他的丹田穴上击一掌。"

二柱看一看小胡子的肚子,又看看自己的手,不敢动手。

师父鼓励说:"别怕,一切由我负责。"

小胡子也鼓足了勇气,咬牙闭眼地站在他跟前。

二柱于是就一咬牙,在小胡子肚子上击了一掌,只听"啊呀"一声,小胡子立刻倒在地上,翻着白眼。约一分钟,师父才给小胡子解开穴道。

二柱冲师父大喊:"我成啦! 我成啦!"

众徒弟纷纷跃跃欲试。师父说:"大家别试了,容易伤了元气。"听他这么一说,众徒弟方安静下来。"好啦,大家功夫学了,以后得勤学苦练,千万别荒废了。"听得师父告诫,众徒弟纷纷感激不尽,一个个为自己学得的点穴神功兴奋不已。

"临走之前,想和大伙商量件事。"师父微笑着说,"我想在家乡召开一个武术研讨会,发扬光大本门祖传点穴神功。只是还缺些资金,你们既已身为本派弟子,理当助一臂之力。"

师父这番话言之有理,哪有学了功夫不交学费的道理? 出点钱大伙也乐意。

这时,瘦脸青年赶紧拿出二十元钱递给师父,说:"我身上只有这二十元钱了,全部捐给师父,不成敬意。"

师父接过这钱,认真地说:"真只有二十元了?"

"真只有二十元钱嘛! 说谎天打雷劈。"瘦脸急得指天发誓。

"好,如果还有怎么办?"

"有的话,我全给师父。"

只见师父一运气,眯起双眼,盯着瘦脸看起来。一会儿师父说道:"你内衣口袋里还有一张百元钞。"

"啊!"大伙惊叫起来,瘦脸更是一脸惶恐,抖索着从内衣口袋里掏出那一张百元钞票。

真是神了,莫非这师父还有透视功能? 大伙心里有些畏惧,不由得各自摸摸自己的口袋。

师父严肃地说:"我收徒弟,是重师徒情义,徒弟怎么能对师父不诚心呢? 我练的气功可以穿透人的五脏六腑,最高可以达到预测未来的境界。这些功夫非一日之功,需长期苦练,以后有机会再向各位弟子传授。今天我想考验一下各位弟子的诚心,如果心不诚,冒冒失失地离开此地,不出两天,你定会回来找我。刚才进门的时候,我在各位左肩上点了一道死穴,你们并没有察觉,以为是拍了拍肩膀,如果不及时解开穴道,周身会疼痛难忍,留下终身不愈的后患。如果各位弟子心诚,在离开之前,我会帮你们解开穴道。"

二柱和其他四位师兄弟哪里敢再有一点怠慢,二柱赶紧掏出准备买药的二百元钱交给了师父,其他几位也纷纷解囊。

师父把钱收好后,叫他们五位弟子站在一排,在他们腰部点了两下,就将死穴解开了,然后同各位弟子一一告辞而去。

二柱走在川流不息的人群中,兴奋的心情仍平静不下来,一下学会了点穴神功,若不是亲身经历,哪里肯信,虽说交了二百元钱,想来也还值得,何况那几位师兄弟比他交得还多哩。他无心再谈生意,在街上漫无目的地转着圈,正好碰上了同村的二狗子,便借了几块钱作车费,准备回村。

二柱上车后,坐在靠窗的座位上。汽车慢慢启动了,恰好迎面又有一辆长途客车也徐徐开动,正在两车擦身而过的时候,二柱看见了旁边那辆车上有几个人正谈笑风生。好面熟哦!定睛一看,原来是刚才和自己一起学功夫的小胡子青年、瘦脸小伙,还有教祖传神功的师父——那精瘦汉子,还有一顶特别起眼的警察大盖帽。

二柱立刻明白了什么似的,想冲下去,可来不及了,那辆车已加速开远了。二柱心里连连叫苦:骗局!圈套!从开始就是圈套!第一幕击倒假警察吸引观众,迷惑观众;第二幕择优录取自投罗网者,这些人练功最心切;第三幕传授神功,里应外合。瘦脸装作被师父点了穴,小胡子装作被二柱点中了穴道。第四幕透视神功,利用心理作用,威吓哄骗,诈取钱财,也就是最后目的!

二柱的心情实在难以平静,他后悔不已:点穴神功没学到,反倒被别人点中了"穴"道。

(刘新力)

甩钞票

　　秋末冬初的一个晚上,天墨墨黑,风呼呼响,一部由郊区开往市区的长途汽车在慢慢行驶。

　　今天汽车上乘客不多,大家都有座位。靠售票员身边的座位上坐了两个乘客,一个是个骨瘦如柴的老头,他白发苍苍,身上的衣裳又破又脏,一脸愁容,让人看了有点可怜巴巴。他旁边坐了一个鬈头发小青年,皮夹克,牛仔裤,眯起眼睛,身体好似邮票贴信封,紧紧贴在老头身上。

　　售票员小陈是个机灵的小伙子,因为昨天打扑克牌玩到半夜,眼下见乘客不多,就闭起眼睛想打瞌睡。谁知他刚闭上眼皮,突然听到一声:"我没命啦!售票员救救我呀!"

　　这声惨叫把小陈的睡意吓跑了,他跳起来,睁开双眼,只见那白发老头跌跌撞撞扑过来，"通"一声双膝跪在他面前。小陈吓得手足无措，赶紧扶住老头，经过再三盘问，老头才说出原因。

原来，这老头是个农民，因老伴得了癌症，送往上海医院开刀，老头向乡亲们东借西凑，凑了一笔医药费带在身边，谁知突然没了。老头说到这里哀哀哭道："这叫我哪能活下去啊！没钞票交医药费，医院不给治，老太婆只有等死了啊！呜呜呜……"

小陈一听气得两眼喷火，他抬眼朝车厢里扫了一圈，最后疑点停在了那鬈发青年身上。

不料不看还罢，一看心里一惊：这面孔好熟呀！他细细一想，想起来了，这个鬈发青年是他中学同学，据说此人因扒窃曾经"三进三出"，是个"山"上下来的朋友。他心想：对这种朋友不能得罪。得罪了，往后别想太平！

怎么办呢？

这个辰光，车厢里可闹猛了，有的骂扒手是害人精，有的喊快把汽车开到公安局去，还有的发狠说捉牢扒手请他吃拳头，整个车厢的乘客都处于激愤之中。可是有一个人却不动声色，谁？就是那个可疑分子鬈发青年。只见他架着二郎腿，双手抱胸前，面孔朝车顶，悠闲自得地吹起口哨《圆舞曲》。

这口哨不吹不要紧，一吹等于火上加油，整个车厢都轰了起来。

而对这种情况，小陈倒冷静下来，他心里明白：捉贼要捉赃，对"山"上下来的朋友，要讲究策略，不能乱来。他灵机一动，大声说道："请乘客们不要吵，我猜想这位扒钱的朋友可能是一时钱迷心窍，我们今天要给他一个改过的机会。现在我关掉车灯，十秒钟内，请他自己把钞票甩出来，好让大家快点回家。"

小陈这个别出心裁的处理方法，引起乘客们的惊讶和新鲜感。几个小青年还鼓掌支持。

于是小陈便坐在售票座位上，"啪嗒"一声关掉车灯，车厢里立刻一片漆黑。眼睛一眨十秒钟到了，车灯重新亮了，乘客们眼睛"刷"往车厢地板上一看，只见五张"大团结"果然躺在那儿了。

售票员小陈见自己这一招果然见效，可得意了，他说了声："好！够朋友！"说着拾起这五张钞票，还给白发老头。

白发老头也不知是喜是愁，只见他脸上的肌肉在颤抖，连连说："谢谢！谢谢！不过……"

一听他言下之意，小陈已明白了几分，他继续笑眯眯地说："朋友，请你帮忙帮到底，我再关一次灯，还有钞票统统甩出来！"说完，他"啪嗒"又关了灯。

一秒、二秒……十秒很快到了，小陈开开灯一看，好极了！车厢地板上又出现四张"大团结"。

这会儿，白发老头真的喜笑颜开了，他对小陈又是打躬又是作揖，横谢竖谢。小陈问他还缺吗，他笑着说："算啦，算啦，还缺一张，算啦！"

小陈听说还缺一张，不由抓抓头皮又想了想，接着高声说："好！朋友，最后一次机会，请你摆渡摆到江边，送佛送到西天。"说完"啪嗒"一声又关了灯，一秒、二秒、三秒……转眼车灯又亮了，但这次大家的眼光"刷"对准地板上，却是空空如也！不要说钞票，连废车票也没一张。

这时车厢里好比在开小组讨论会，有的骂扒手改过不彻底，有的开玩笑说这个扒手表现尚好，应该发安慰奖。真是七嘴八舌，各抒己见。

小陈心里很恼火，心想：这家伙真是个"拎不清"，我存心帮你的忙，给你关灯三次，让你有悔过自新的机会。现在你是自找苦吃，可不能怪我了。于是说："好，大家同意，汽车就直开公安局！"

就在此时，白发老头却连连摇手："各位，不要为了我老头子，误了大家宝贵时间。"说完，竟双膝跪地，向大家表示感谢。

乘客们没词了，既然失主不愿追究，不愿去公安局，大家何必自找麻烦。

正在风波平息之时，突然又传出冷冰冰的声音："哼！今天你跪下来求也没有用，就是横下来也没有用。汽车直开公安局！"

说来也巧，郊区长途车终点站离开公安局只隔两条马路，所以大家争论之际，公共汽车已经开进了公安局。售票员小陈紧紧盯着鬈发青年，心想：罪魁祸首不能放掉。车门打开，民警已站立车下，出乎小陈和乘客的意外，民警看到鬈发青年后，又是握手又是招呼，亲热非凡。乘客们看到这里心头发凉，现在的扒手神通广大，竟然开后门开到公安局？扒手和警察也搭得够，这个事情难办了。

乘客们陆陆续续都下了车，唯独白发老人还在车上，小陈扶住他，把他的一只黑色拎包接在手里。

白发老人下车的时候，好似脚步发软，脚下一滑，突然跌倒在地，双眼一瞪，嘴吐白沫，竟昏厥过去。售票员小陈手足无措，急得不知怎么办好。

鬈发青年冷冷一笑："喂，当心你的黑色拎包！"

这句话比打强心针还灵，白发老人立刻睁开双眼，从小陈手中抢过拎包，紧紧护在胸前。

大家觉得奇怪。鬈发青年对乘客们说："请大家开开眼界，这个人样子可怜，实质到底怎样呢？"说完，突然蹿前一步，抢下老人手中的黑色拎包，打开拉链，拎包翻身，只见里面飞出五颜六色各种皮夹和工作证，还有一叠叠崭新的"大团结"……乘客们都惊呆了。

警察上前三句一问，就弄明白了真相：原来这个白发老人是个乞丐兼小偷的角色。

西洋镜拆穿，这家伙倒安静下来，坐在地上一言不发。

乘客们纷纷议论起来。售票员小陈想起了三次关灯的事，他笑着对鬈发青年说："误会！我还当你是小偷扒手。"

"一点不错，今天我临时做一次扒手，目的是引他到公安局来归案。"说完，鬈发青年从身边摸出一只皮夹，里面有十张崭新的"大团结"。这下把大家搞糊涂了。既然钞票在你身边，那么三次关灯甩出来的钞票是谁的呢？

这时乘客中有一个又矮又胖的中年人哭丧着脸说："钞票是我甩的！"

大家更奇怪了，你不偷不扒，为啥要甩钞票呢？

原来他是个个体户，晚上要急着赶回市区，与别人谈生意。对他来说时间就是金钱，可偏偏半途之中碰到扒手，如果搅到公安局，岂非误了生意？所以为了急于离开，他情愿甩点钞票解决了算数；另外他也同情这个不幸的老人，反正自己有钞票，譬如少赚点吧！第一次关灯，他甩了五张拾元钞票，第二次甩了四张拾元钞票，第三次想再甩一张，偏偏袋袋里没有了。

说到这，乘客们哈哈大笑，一旁的民警也笑着说，"好吧！你办个手续领回这九十元钱吧！谈判误了时间，我们会为你作证。"

"对！个体户钞票也是辛苦赚来的，甩给这种坏人算啥名堂！"

售票员小陈眼看事情水落石出，全部解决，就招呼乘客们上车。公共汽车开出了公安局，直往汽车终点站而去。

（孙炳华）

大 路 不 平

古谚曰：大路不平众人踩。路见不平，拔刀相助。

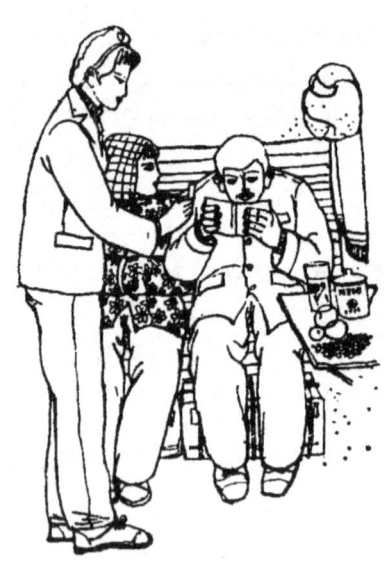

没脸饭馆

　　平顶山东北角,紧靠公路边,有家三间瓦屋的小饭馆。旁边两间是仓库和宿舍,当中一间拾掇得明晃晃、亮堂堂,靠墙放个八仙桌,桌上摆只金鱼缸,缸边还有两瓶酒,一瓶"宝丰",一瓶"杜康"。再看那墙上,一溜两行贴着十二张笑眯眯、娇艳艳的明星照片。就屋里这个讲究劲儿,别说吃饭啦,进去坐会儿就是美哩。这间屋子外边虽说没有贴字儿,可饭馆里的人都清楚,这叫"贵宾室",专门接待财神爷用的。咱可不宣传迷信,是怎么回事儿,等会儿你就明白了。

　　三间房子前边,溜房沿儿搭了个大草棚子。棚子南半爿砌了三个锅灶,北半爿支了簸箕大两个水泥桌儿,稀泥巴黏土坯垒了几个座儿。这半爿,按轮船上说法,叫"五等舱"。

　　说了半天,这饭馆到底叫啥名儿? 对不起,没名儿。可常言说:看人看穿戴,生意看招牌。这招牌就好比生意买卖的脸面儿,这饭馆既然没挂那玩意儿,咱就叫它"没脸饭馆"。

　　这个地方,往北十公里是香城,往南不多远是昆阳。这两县城间公路两边的酒楼餐厅少说也有几十家,再加上隔不了三里五里,总能看见这边写着"羊肉烩面",那边写着"经济小吃",可是,没脸饭馆处在这个前后夹攻、腹背受敌的地方,那生意却满不赖。啥原因? 有神通。你看,随着"笛笛——"两声清脆的汽车喇叭,一辆崭新的东风大客车开了过来,不前不后,刚好停在这个门口。这不,生意来了!

　　开车的是个三十多岁的瘦高男子,他屁股还没离座儿,就粗喉咙大嗓子地喊起来:"停车四十分,都下去吃饭啦!"说罢,自己首先跳下车来,一边向棚子走去,一边喊道:"'水壶'哩?"

　　"哟! '野猫'来了,快请,快请!"随着声音,从棚子里钻出一个四十多岁的胖子。胖子个子不高,浑身是肉,正面看去,真像个焊了两条腿的圆溜溜的军用水壶。"水壶"一边在围裙上擦手,一边乐呵呵地说:"野猫啊,算着也该你的班了,请吧!"说着,就亲亲热热地把野猫让进了贵宾室。

　　刚才还是冷冷清清的饭馆,眨眼之间便热闹起来,几个坐车的旅客把那草棚子塞得水泄不通,围着开票的姑娘要菜、要汤,叽叽喳喳,热闹非常。

　　在那贵宾室里,野猫正狼吞虎咽,吃得好不快活! 水壶还在一边殷勤相劝:"来来来,尝尝这个辣子鸡。野猫,你小子真是个猫,见鱼都没命啦!"

　　野猫一边吐着鱼刺,一边说:"嗨,我紧赶慢赶到你这儿,还不是为的这条鱼!"

　　"这是专门给你小子留着哩! 怎么样,哥们够味儿不?"

　　"够味儿。可吃你这条鱼也不容易啊! 外边那五六十个人把我脊梁筋都戳断了,难道你没听见? 我图啥哩,还不是为的叫你腰包里肥点儿。老实交代,这一车你能捞多少?"

水壶"嘿嘿"一笑:"多少? 真人面前不说假话,一个人按两个包子一碗汤算,一四得四,五四二十,除了正当利润,这五六十个人,还能挖它个二十多块钱!"

野猫说:"二十多块还少? 你那几个关系户,哪个月不在这跑十趟八趟,这又是多大个数? 千把块哩! 说吧,我这挨骂费该抽百分之几?"

水壶连忙赔着笑脸:"我的财神爷,放心吧,哥们吃个蚂蚱也少不了你一条大腿。以后日子长着哩,包你老弟满意。中不中啊?"

两个人正谈得投机,忽听外边高一腔、低一腔地吵了起来。水壶趴在窗口一看,见两个年轻小伙子一边用筷子敲着碗沿儿,一边喊道:"都看都看,这是叫人吃的吗?""是嘛,钱多赚点算啦,总该讲点卫生吧?"

那开票的姑娘立刻就接上了火:"咱们有言在先,谁也没逼着你吃,嫌不卫生就别出门儿!"

"出门儿咋啦! 你们讲道理不讲?"

"不讲。州有州官,县有县衙,告去吧!"

"真没水平。找他们负责人去!"

"对,谁是负责人?"

旅客们群情激愤,七嘴八舌,吵吵嚷嚷,要找负责人说理。水壶一看躲不过去了,就硬着头皮儿、挺着肚皮儿走了出来:"不用找,我就是。大家的意见我都听见了,可咱这个饭馆儿,是姜太公钓鱼愿者上钩。有意见嘛,好解决,以后不到这儿吃饭不就得啦!"

大伙儿碰了这个橡皮钉子,简直哭也不是、笑也不是,平白又添几分气儿。几个年轻人正要发火,一位老工人模样的人上前两步,对水壶说:"同志啊,你们这里办个饭店,为广大旅客服务,这当然是个好事儿。我看刚才大家的意见值得考虑,怎么能唯利是图,为了赚钱,就不择手段地坑害群众啊?"

水壶一听这话,几乎要跳起来:"什么?'四人帮'垮台这么多年了,你这帽子公司还没关门啊?告诉你,今儿这事是周瑜打黄盖,一个愿打,一个愿挨!谁坑害谁啦?"

老工人笑了,说:"你们和司机穿着连裆裤,旅客们不愿挨,行吗?"说着,他把一碗肉汤端到水壶面前,"同志,你自己看看!五毛钱一碗羊肉汤,就这几块羊杂碎,还没收拾干净,草渣子、石子儿啥都有,这不是坑害群众又是什么呢?"

大伙儿一听,又嚷了起来,这个说面条发酸,那个说包子碜牙,这个说分量不够,那个说质量太差。刹那间,这草棚底下好像开了锅,五六十个人把水壶围了个里三层、外三层,这个指鼻子,那个捣脊梁。

水壶被吵得头昏脑涨,面红耳赤。

正在热闹时,那野猫一边剔着牙,一边大摇大摆地走了出来,一看水壶那个狼狈样儿,他冷不丁大喝一声:"别吵啦,上车!"

旅客们一听这话,有的往车上拥去,有的还在嚷嚷。

水壶刚被解除包围,又凶了起来:"你们吵哇,你们闹哇!有能耐别上车,我管吃管住,咱好好吵几天!"

野猫打了个饱嗝,也在一边帮腔:"哼,这可不是十年内乱那阵儿,动不动就围攻人。还讲不讲点文明礼貌?真不像话!"

旅客们本来对他就有气,一听这个,哪里受得住!有的就扒住车窗喊道:"哎,你说说谁不像话?""你说谁不讲文明礼貌啦?"

野猫怪叫一声:"嗨,下雨不戴帽儿,轮(淋)到我头上啦!那好,咱就来看吧。我就说的是你们!怎么样?"

那位老工人插上来说:"当然,暂时还不能把你怎么样。不过今天这场风波,你应该负主要责任!自己不很好认识,还和旅客大喊大叫,像个人民驾驶员吗?"

"我不像?一不违犯十大禁令,二不违犯交通规则,既安全又正点,哪点儿不像个驾驶员?"

老工人说:"光这就够了吗?交通运输战线要当好传播社会主义精神文明的前哨兵,你总该知道吧?"

野猫脖子一伸,向后退了一步:"咳!你这老头啊,会的还不少哩!咱们打开窗户说亮话,吃点喝点犯不了法!就这,你们就是上北京告到交通部,我也不怕!"

他的话引起车上一阵哄笑。只听那老工人说:"好了好了,同志们原谅些,时间不早了,让他开上车走吧。"

野猫站在下面,叉着腰吼道:"开车?没那么便宜!咱今天非把这事儿弄清楚不可!"

老工人声调严肃起来:"你耽误大家的时间够长了,还想怎么样?"

"怎么样?不说清楚,我就不开车!"

半天没吭声的水壶又插了进来:"对!不给他们点厉害瞧瞧,显得咱哥儿们太窝囊啦!不讲清楚不开!"

老工人冷笑一声:"哼哼,你们办了错事,还想叫群众低头求饶,这岂不是天大的笑话?告诉你们,这是做梦!你们手里不就这点权力吗,说吧,这车到底开不开?"

野猫拍拍胸脯:"大丈夫说话,板上钉钉!不讲清楚,就是不开!"说罢,干脆一屁股坐到水泥板上,把手一挥,"水壶,泡上信阳毛尖,润润嗓子,吵到天黑我奉陪!"

那老工人面色铁青,猛然把牙一咬,往窗外狠狠吐了一口:"呸!你真给我丢人!"而后站起身来,高叫一声:"走!"雄赳赳气昂昂上了驾驶台,"哐当"一声,关了车门,扭钥匙,踏油门儿,启动马达,一按喇叭,只听"笛笛——""呜"地一家伙,窜啦!

野猫万万没想到老工人还有这一手儿，一时吓得目瞪口呆，不知所措。

水壶也慌了，大叫一声："愣啥哩！还不快追！"

野猫这才清醒过来，三步两步窜上公路，朝着汽车开去的方向声嘶力竭地喊着："截住哇！抢汽车喽！"而后拔腿就追。

可是，这两条腿到底没有四个轱辘快，他俩没跑几步，那车就没影了。野猫猛醒过来，吩咐水壶说："你赶紧去打电话，向公安局报案，通知前边车站截住它，我在这儿拦个车，不怕它飞上天去！"

这时，在东风客车上，旅客们那个高兴劲儿就别提啦！那老工人的开车技术非常高超，只见他目不转睛，全神贯注，转弯抹角，操纵自如，没有半个时辰，便驶进了昆阳县城。

忽然听见"突突突突"一阵马达轰鸣，几辆三轮摩托迎面开来，在车站门口一字儿排开，车上跳下来十几名全副武装的公安人员，拦住了去路。一个身穿深蓝色衣服的交通监理，手执红旗儿，向这儿发出了停车信号。那老工人一看这个阵势，不禁轻轻一笑，从从容容将车驶进车站，熄火停车。那些公安人员和车站职工随即拥上前来，将这辆客车团团围住。

车上的旅客一看这个场面，一下全都站了起来，扯着嗓门，挥着拳头，给那老工人撑腰打气。那老工人却冷静得出奇。他不慌不忙站了起来，向大家摆了摆手，说："请大伙坐下，谢谢同志们的关心。不过，今天这事我也有推卸不掉的责任，先在这里向大家道个歉吧。"说罢，深深鞠了一躬。

这一来，旅客们全糊涂了："咳，你有啥责任哩？""这老师傅敢情是吓昏了，俺们谢你都来不及哩，还道的啥歉？"

老工人摇了摇头，轻轻叹了口气："咳，没办法，又要耽误大家的时间了。"随后，他从上衣口袋里摸出个红皮儿小本本，隔着车窗递了出去，喊道："谁是这里的站长？"

"我就是!"一个干部模样的中年人过来,伸手接过小本本儿,打开一看,顿时大吃一惊:"啊!你就是新上任的李厅长啊?"

"哗"的一声,这下子车上热闹了,旅客们有的拍着巴掌,有的伸出大拇指,七嘴八舌,交口称赞,闹哄哄地响成一片。

只听那站长问道:"李厅长,这到底是怎么回事呢?"李厅长走下车去,把事情的经过简单地讲了一遍,车下的人方才恍然大悟。

随后,李厅长又十分感慨地说:"同志们哪,有这样的人存在,真是我们交通部门的耻辱哇。希望大家以此为戒,拿出实际行动,来挽回他们造成的不良影响。"

站长说:"好,我马上去通知调度,委派司机,将这车旅客送走。"

李厅长说:"别忙,刚才我在车上已经口头上向大家道过歉了,你再来点实际的,立即通知炊事班,准备点热饭热菜,请同志们下车吃饱喝足,天黑以前赶到终点站。"话音刚落,只听车内外响起一片雷鸣般的掌声。

正在这时,忽听"笛笛——"两声喇叭,一辆汽车驶进站来,原来是野猫和水壶尾随赶来了。野猫一看李厅长在场,用手一指,气急败坏地叫了起来:"好个抢劫犯,我看你往哪儿跑!"说罢,摩拳擦掌就要扑上来,不料,被身后一个公安人员抓住领口,往后一拉,轻轻一按,这野猫就矮了半截儿。

这家伙一看大伙儿神色不对,不知发生了什么事情,还想分辩:"他是抢汽车的首犯哪!"

站长威严地喝道:"放肆!这是省交通厅的李厅长!"

"啊?"两个家伙如同挨了当头一棒,腿肚子一软,抱住脑袋蹲在了地上。

(杨清江)

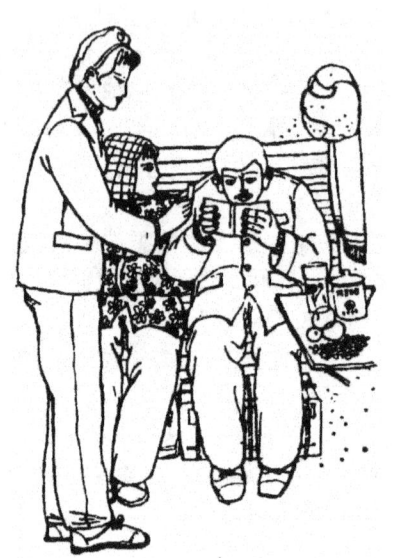

一张特别车票

　　一列载满旅客的火车像一条腾云驾雾的苍龙,"轰隆轰隆"向前飞驰着,九号列车员吴桂竹在车厢里穿来奔去,扫地送水,忙个不停。

　　火车过了几站后,开始验票了,小吴笑容可掬地叫道:"旅客同志们,现在开始验票了,请大家把火车票准备好。"小吴招呼完后,便依次验过来。

　　她验到十八号座位时,只见那座位上坐着一个穿了一身褪了色的铁路工作服的小伙子,在埋头看着连环画。小吴轻声说:"同志,验票了,您的票?"

　　小伙子猛一抬头,嘴里"噢"了一声,便伸手到口袋里摸了好半天,才摸出一张硬邦邦的纸片递给小吴。

小吴一瞧,愣住了。心想:这位同志真是个二虎,怎么把照片拿出来了! 于是她笑着说:"同志,您拿错了车票。"

小伙子用眼睛朝四下扫了一扫,然后凑到小吴耳旁,低声说道:"同志,照片上这个人你认识吗? 他是你们铁路局的卢局长,是我的姨夫,今儿个没买车票,你就不看僧面看佛面,成全成全吧。"

要说坐车不买票的旅客,小吴倒遇到过不少,可从来也没遇到拿着领导的照片当车票用的。她感到又可气又可笑,便说:"同志,乘车要以车票为凭证,应该自觉遵守乘车制度,请你到六号车厢补票去吧!"

小伙子有些不耐烦:"同志,我说你也用不着那样儿,咱们都是一个系统的。我姨夫抗美援朝到现在,出生入死、废寝忘食地工作,你这点面子都不给,也太那个了吧?"

"行了行了,你别说这些,难道你姨夫的照片就能当车票用?"

小伙子一看,这丫头这么不讲情面,他把手一挥,白了小吴一眼:"今天这些坐火车的都买票了吗?"

小吴一听,生气地说:"谁没买票,你指出来!"

"你当我没看见啊?"

他们俩你一言、我一语地争吵起来。

正争得难解难分的时候,列车长大老胡走来了,他板着个面孔,态度十分严肃地问:"怎么回事? 嗯? 吵什么?"

"车长,他没买车票,叫他补票,他还胡搅蛮缠不肯补!"

大老胡用十分威严的眼光扫了小伙子一眼:"没有车票还无理取闹? 你凭什么不补票? 嗯?"

小伙子连忙走到大老胡身边,掏出那张护身符,把大老胡拽到一边,"叽叽咕咕"说了一阵,大老胡听了之后,便把小伙子领到了乘务室。

乘务室里,大老胡重新从上到下打量了小伙子一阵儿,问:"卢局长是你的亲姨夫吗?"

"是亲姨夫。车长,我姨夫常提起您,说您为人热情厚道……都怪我事先没和您打个招呼。"

大老胡威严的脸色立刻换成了亲切的笑容,他请小伙子坐下,又连忙倒过一碗开水,接着便打开了话匣子:"小伙子,来,喝碗水吧。哟,我和你姨夫关系深着呢!抗美援朝那阵儿,我俩一起过的江;小时候,我们还一块儿抓过蝼蛄呢!你姨夫最爱吃小豆腐,是吧?"

"嗯。"

"回去坐吧,不过内外有别,对外不要乱声张啊!"

"多谢胡叔叔!"

再说小吴,验完了车票,一看,那小伙子仍坐在十八号座位上,还洋洋得意地冲着自己撇嘴呢!

小吴便到乘务室找到大老胡,问道:"车长,那小伙子补票了吗?"

大老胡语重心长地说:"小吴,从各种迹象来判断,他确实是卢局长的亲戚。这可是对待领导的态度问题,咱办事可不能太绝乎哇!"

"车长,你平时不是常对我们说要坚持原则,可今天……"

"小吴啊,坚持原则是对的,但也得讲究个灵活性嘛。你年纪轻,我走的桥比你走的路还多呢!咱们可都在人家手里攥着呢!将来谁敢保就用不着人家?"

"不,车长,我……"小吴还想说什么。

大老胡把手一抡:"好了,好了,别小题大做了。今天这事我负责。我们都忙着,回去再谈吧!"

"你……"小吴看着大老胡的背影,气得不知怎么办才好。

火车返回始发站。交班以后,列车员凑到了一起,对这事各抒己见,争得差点儿吵起来。

第二天,大老胡和小吴正各自在做发车前的准备工作,有人来告诉他们,卢局长有请。

大老胡一听卢局长找他,心里想:一定是卢局长知道了我照顾他外甥的事儿,由此勾起了我们的老交情,说不定还会请我喝上两盅呢!他越想越觉得美滋滋的,不由哼起了小曲儿。

小吴听说卢局长找她,心里想:这事儿我没错,我有理!局长找我也不怕!

说话间,两个人先后来到了局长室。

卢局长见他俩来了,淡淡地打了个招呼:"坐吧。"紧接着开门见山地问道,"老胡,小吴,前天,我外甥乘车没买车票,你们是怎么处理的呀?"

大老胡连忙抢过话头:"噢,这点小事算什么?特殊情况应特殊对待嘛!那天就是卧铺满人了,要不……"

"卢局长,我有想法,也许不对您的心思。"小吴不等大老胡说完,就生气地插进来说,"我认为应当一视同仁,大家都应该遵守规章制度。如果不这样,炼钢的、织布的、看戏坐车的,都靠三亲六故随意送钢拿布贪票,那国家还不乱套了?您外甥拿着您的照片当车票,车长随便给方便,我说这是不正之风!"

大老胡一听,心里急得直叫"哎哟",他埋怨这姑娘真不知天高地厚。

谁知大大出于他的意料,卢局长听了小吴一番话,说了声:"讲得好!"然后高兴地站起来,拍了拍小吴的肩膀,说:"小吴啊,你做得对!你能坚持原则,敢于同不良倾向作斗争,我代表全局同志感谢你!"

大老胡一听可傻了眼。

随后,卢局长掏出一封信,还有一张汇款单,递给大老胡,说:"你把这封信仔细看一看,也许对你会有点启发。"

大老胡接过信,只见信上这样写着:

亲爱的姨夫:

　　您好。前天我没来得及买票就上了火车,本想上车补票,可是一上火车竟发现没买车票的大有人在,有的还闹了个卧铺。我一生气,就拿了您的照片去跟列车员赌气,倒是车长帮了我的忙。我回来之后,越想越不对劲儿,这是在搞不正之风嘛! 我现在把钱寄给您,请您替我补票。另外,希望替我转告那位车长,要不讲私情把好关。

外甥

大老胡看完信,脸"唰"一下红到了耳朵根。

(顾坤平　文需众)

最后的等待

1989 年夏天,梁老汉又一次病倒了,儿孙相继来到身边,就差在外当兵的小儿子立强了。

梁老汉很无奈地看着周围的小辈,既心酸又不安。自从老伴去世以后,梁老汉的身体是一天不如一天,他总寻思着要趁眼睛睁着的时候替小儿子把终身大事定下来。前些日子,他自作主张提了庄老汉的小女儿四秀,双方都挺满意,这事就算定下来了。梁老汉如今怕自己熬不过去,就对大儿子立刚吩咐道:"发个电报,快让立强回来!"

电报很快转到立强的部队。立强入伍已四年,是部队的骨干,眼下尽管训练繁忙,但指导员还硬是把他送上南去的长途公共汽车。

此刻,立强坐在车后右排紧靠窗户的座位上,想起"父病危,速回"的电文,心里急得火烧火燎,恨不得一步就能回到老父亲身旁。

汽车在公路上不紧不慢地行驶着,夏日炎炎,车厢犹如蒸笼,乘客们挥汗如雨,不住地抱怨:"天真热啊,这前不着村、后不着店的,连水都没得喝……"

就在人们议论纷纷的时候,突然,从车厢前端蹿起几个大汉,他们面露凶相,手执匕首,强令司机停车。

汽车还未停稳,为首的大汉就一手把住车门,一手玩着匕首,恶狠狠地说:"谁都不许乱动,不然我就捅他。"其他几个歹徒也狐假虎威地扬起手中的匕首和砍刀。

车厢里一下子紧张起来,乘客们的脸都吓白了,谁也不敢吱声。

大汉一声令下,歹徒们开始分开搜身。

立强再也忍不住心中的愤怒,挺身而起,大声怒喝道:"住手!"

歹徒们被这一声雷鸣般的怒喝震住了,一时间都呆在那里。

为首的大汉慢慢回过神来,一张脸顿时拉长了,大骂:"臭当兵的,找死不是?给老子滚到前面来!"

"闭上你的臭嘴!光天化日之下,怎能容许你们这些败类胡作非为!"立强面无惧色,一步步向前移动,高大的身躯加之训练有素的体质,透出一股强大的威慑力。

歹徒们见真有不怕死的,心里不免有些嘀咕,他们互相对望了一下,大汉就和颜悦色地说:"哥们,咱们井水不犯河水,你不多事,咱们保证不动你一根毫毛,怎么样?你请吧。"

"那我也要说,如果你不伤害车上任何一个人,我也就不多事。"立强针锋相对,毫不退让。

"他妈的,我看你是不见棺材不落泪,那我就成全你。"大汉见软的不行，便一扬匕首刺向身边一位妇女的大腿。受到极度惊吓的妇女被这一刀刺得人事不省。

面对这些亡命徒，立强知道硬拼是不行的，他想动员旅客，大家一起齐心协力治服歹徒，可他们被那滴血的匕首吓得大气不敢出一口。

怎么办？立强正了正军帽，感到正义力量的沉重。

"臭当兵的，服不服？"大汉用带血的匕首指着他狂叫。

立强灵机一动，忽然佯装害怕地说："服，服，让我下车。"

大汉脸上顿时露出喜色，指使两个帮凶："你们两个送他下去！"就在大汉左手离开车门的一刹那，立强一个前扑按倒大汉，然后猛力踹开车门，抱紧大汉滚下了车。

另外几个歹徒见势不妙，举刀嚷嚷着跳下车，抢刀就朝立强身上砍。立强虽然有一身好武艺，但手无寸铁又面对六个如狼似虎的歹徒，很快就只有招架之功，没有还手之力了。

"老子让你多管闲事，让你多管闲事！"被激怒的大汉朝立强的胸口狠刺几刀，接着又抡拳将他打倒在地。立强强忍着阵痛，不顾一切地抱住大汉，朝车上的乘客们大声叫道："你们都是爹妈生的吗？跟我上啊！"车上的乘客惊醒过来，他们被立强的精神感染了，纷纷起身，扑向行凶的歹徒……

歹徒终于被制服了，乘客们飞速把浑身是血的立强送进医院，立强在昏迷中仅仅说了一句话："不……不要告……告诉我爹……"全身三十多处刀伤的严重伤势，终于没能使立强再说出第二句话来。

倒是梁老汉被送到医院后，终于从阎王爷那里跑了出来，可他神志恍惚，两眼迷惘地盯着天花板，嘴里喃喃自语，不住地喊着："立强，立强……"

梁老汉的儿女们此刻心里急啊：电报拍出好几天了，小弟却音讯全无，爹见不到小弟，闭不上眼啊，怎么办？

大哥立刚考虑了半天,提议道:"我们不能老这么耗着,我想,南街的福顺跟小弟挺相像,特别是说话声,我们去把他请来,顺便把四秀也叫上,先骗骗爹再说。"

大家觉得也只有这条路好走了,于是就由大哥立刚出面,去和福顺、四秀商量。

"福顺、四秀,我爹一生辛劳,我们做后人的没有理由不满足他最后的心愿。小弟不知有什么事,到现在还没回来,而我爹又特想看到他跟四秀在一起,望你们看在……"立刚哽咽着说不出话来。

"大哥,我听你的,你让怎么做我就怎么做!"四秀被感动了,当下就一口应允,福顺也表示同意。

于是,四秀和福顺在立刚的安排下走进了梁老汉的病房。

"爹……"福顺嗓子沙哑地喊了一声,"我回来了。"

"大伯,我是四秀,立强刚下车就急着赶来了。"四秀也跟着说。

四秀的话刚说完,梁老汉像是受到了什么刺激,将捏紧的五指都松开了,嘴也张开了,可几经努力还是没能说出一句话来。

"爹,你好好歇着,病会好的。"福顺说,话音里带着哭腔。

"大妹,我看这样吧,你跟四秀带立强去休息一下,这里有我和小妹。"立刚怕时间久了梁老汉会发现破绽,要紧催他们离去。

"成。"大妹会意地站起身。

就在大妹抬腿欲走时,梁老汉奇迹般地睁开了双眼。梁老汉用无神的眼睛缓缓地扫过去:立刚、大女儿、小女儿、四秀,最后把目光定在福顺身上,看了半天,摇摇头,随即两行老泪止不住流了下来,先前放松的五指又并拢了。

见爹认出了假立强,立刚好不内疚,他觉得无颜面对自己的父亲,好半天才呜咽着解释道:"爹,小弟是名军人,你就不要往心里去,这会儿我再去拍个电报试试。"说完,逃也似的奔出病房。

时钟在沉闷的空气中"嘀答嘀答"似乎很吃力地走着,梁老汉眼望天花板,很费力地喘息着。

少顷,立刚拐了回来,眼睛红红的,脚步迟缓,身后多了一位年轻军人,这位军人就是立强的指导员,他安排完立强的事后急匆匆地赶了过来。

众人一看这情形吃了一惊,仿佛都明白了什么似的。

梁老汉吃力地望着眼前这位陌生的军人,想说什么又说不出来,眼睛瞪着,转而面部肌肉又开始松弛,眼睛眯得像是在微笑。

立刚再也把握不了自己,拉着指导员对爹介绍说:"爹,这是小弟的首长,他是专程来看你的,你就放心地去吧。"

全家人都止不住地放声痛哭起来。

指导员面对弥留之际的梁老汉,神情肃然地行了一个标准的军礼,一字一句地说:"大伯,我代表立强所在的部队向您老人家致以崇高的敬礼,感谢您为部队送去了一个好儿子,人民不会忘记他,人民永远爱戴你!"

梁老汉在指导员铿锵的语调中吐出了最后一口气,那定格般的微笑似乎凝固了,再看那握着的右手,不知什么时候松开了……

(骆有明)

古 道 热 肠

但知行好事，莫要问前程。

寻找乐趣的人

　　老工程师李一良这一天从湖南到上海来出差,他乘坐的火车进上海站的时候,已经是晚上九点钟了。坐了一整天火车的老工程师不愿多走路,就在火车站附近的一家小旅社住了下来。

　　旅社服务员把老工程师领进了一间只有两张床位的小客房,那里面已经住了一位娃娃脸的小伙子。

　　小伙子见老工程师进来,立刻皱起了眉头,然后又对他点点头,出去打了一盆洗脸水,说:"看样子您是累了,快洗洗脸休息吧!"

　　让素不相识的人给打洗脸水,老工程师有点过意不去,就顺着小伙子的话说:"对对,早点休息哎,坐了一天车,该把我这个神经衰弱的毛病治住了,今晚可以睡个好觉啦!"

小伙子一听,又皱了皱眉头,不说话了。等老工程师洗完脸,小伙子对他说,他还有点事情要出去一下,请老工程师只管先睡觉。

小伙子走了,老工程师倒水回来就拉熄电灯上床睡了。

这时候已经是晚上十点多了,旅客们已陆续休息,旅社里面渐渐安静下来了。可老工程师却睡不着,他感到小伙子的行动有点奇怪呵!这么晚还出去干什么呢?

为了谨慎,老工程师坐了起来,把钱包从裤兜里摸出来,压在枕头下面;又把旅行袋也从床下拎起来,放到了枕边。

夜更深了,旅社里静得出奇,但是,小伙子还没回房来睡觉。他干什么去了呢?老工程师无从推测,只好强打精神在床上等着。

一会儿,老工程师听见走廊上传来了一阵很轻很轻的脚步声,然后房间的门被人"吱"一声推开了,这个小伙子蹑手蹑脚地走了进来。

这一下,老工程师不免有些紧张,但仍沉住气,一动不动地注视着他。

只见他在房间当中站了站,似乎是在听什么动静,接着,又朝老工程师走了过来……老工程师心跳得更急了。

那小伙子像是发现老工程师没睡着,便退回到自己的床边,也不拉被子睡觉,却在床边直挺挺地坐下了。

老工程师更纳闷了:他到底是为了什么呢?

老工程师看着想着,仍不见小伙子有什么动静,这时,他实在太疲倦了,终于身不由己地闭上了眼睛。

第二天一早,当走廊里的人声把老工程师惊醒的时候,小客房里已是满屋金光了。他赶紧用后脑勺抵抵枕头,只觉得硬邦邦的,下面的钱包还在;又伸手摸摸旅行袋,安安稳稳的,仍在枕边。这时,他那颗心放下了。再侧身一看,小伙子早起床了,正聚精会神地坐在小桌边读一本什么书呢!

老工程师翻身坐起,正要说话,谁知小伙子起身走了出去,不一会儿给老工程师端来了一盆洗脸水。

老工程师慌忙接过洗脸水,忍不住问起昨晚上的怪事来。

小伙子脸一红,说:"我的鼻子有毛病,一睡觉就鼾声震天。我怕影响你休息,所以一直等到你睡着后才躺下。"

老工程师恍然大悟,感动地说:"可是,你太苦了自己呵!"

小伙子笑笑:"自己虽然苦一点,但我想,为人在世,帮助别人是一种乐趣,不令人讨厌,这也是一种乐趣哩!"

两个人马上要分手了,老工程师留下了小伙子的姓名和地址。他相信,能和这样一位很懂得人生乐趣的人保持联系,也是一种乐趣。

(聂建长)

老结奇遇记

　　老结是红星机械厂的机修师傅。其实老结并不姓结，只是从小患了个口吃的毛病。有一次，伙食团吃面条，老结端过碗来一尝，发觉味太淡，于是把碗向炊事员一伸："酱酱酱油。"他一向怕讲长句子，常常把一句话精简到不能再精简的程度。他的意思是：请你给放点酱油。炊事员拿过酱油瓶，说："我给你放，够了你就说一声。"哪知老结一个劲地说："放放放……"眼看放了半碗酱油，好不容易他才冒出后半句："……放多了！"弄得炊事员哭笑不得。从此，老结的大名便在全厂叫开了。

　　红星机械厂与不少兄弟厂有业务关系，因此，厂里的师傅们常常要到那些单位去搞什么装配啊、检修啊，但领导是很少派老结去的。一则结巴出门不方便；二则前些年社会动乱，人与人之间互不关心,感情淡薄,对这个"土巴"加"结巴"的老结来说,实在不敢委以重任。

可是这天,厂长来找老结:"哎,老结师傅,这阵子人手太紧,实在忙不过来,你收拾一下,到云县农机厂去检修一台机床,好吗?"老结一听,脸"唰"一下涨红了:"对对对……"厂长还以为他满口应承,谁知老结是说:"对不起,我怕出远门……"

原来老结在几年前出过一次差,到了省城,走到十字路口他愣住了。他要去的东方机械厂在哪边呢?老结不得已向一个站在街口吃冰棍的小伙子打听:"请请请问,到东风厂走哪哪哪边?"那小伙子也缺德,学着老结:"你听着,向右右右拐。"幸好旁边一个老同志听见了,责备那个小伙子:"到东风厂明明是向左拐,你怎么叫人家向右拐,这不是故意捉弄人吗?"那小伙子还强词夺理:"我叫他向右右右拐,三个右拐,不就是左拐嘛?你才是腰杆上绑钢筋——侧边硬咧!"把个老结气得差点掉下泪来。自此,一提起出差,老结便暖瓶炸花——没胆啦!

厂长知道老结的心病,哈哈一笑,说:"没问题,没问题,现在不比以前,何况最近正是文明礼貌月,我包你一路平安,马到成功。"老结也不好强推,只好答应了下来。

闲话少说,老结已经平安地上了一列去云县方向的客车,并找了个空位坐下,不觉一阵轻松。有节奏的隆隆声,使得老结连打了两个呵欠,背靠座椅,两目一闭,昏昏然昏昏然,不觉过了几个钟头。

突然,老结猛醒过来:哎呀,该不会错过了车站!一看旁边坐着一个戴眼镜的青年,穿着一件胸前印有铁路徽记的工作服,心想:他一定知道我要去的那个小桥车站。于是挨近他小声问道:"请请请问,小小桥车站过过过了没有?"哪知那个戴眼镜的抬起头,两眼盯着他的嘴看了半天,摇了摇头,算是作了回答。

老结弄不清这个戴眼镜的摇头的意思:是没有过呢?还是不知道,或者根本没听清。老结一心想弄个水落石出,只好硬着头皮唱了个"二进宫"。这回戴眼镜的连头都不摇了,只是瞪了他一眼。老结还不死心,来了个"三盘为定准"。哪晓得问到这第三遍,那戴眼镜的干脆连头也不抬,从衣兜里掏出个笔记本和一支绘图铅笔,根本不搭理老结,管自去忙着写画他的什么去了。老结心想:今儿晦气,遇到了个神经病!

这一切,早被对面的一个解放军同志看在眼里,见老结"三顾茅庐"而撞了一鼻子灰,不由心头火起,打起抱不平来:"我说,你这个小伙子太不像话了,你知道便说知道,不知道便说不知道,人家有缺陷,干吗老让人家出……"他没有把"出洋相"三个字说完。

经这么一嚷,近处几个旅客都向戴眼镜的投来了责备的眼光。那戴眼镜的急了,满脸通红,伸着又粗又红的脖子,像是要申辩什么。不过,最后他还是什么也没说,只是用手指了指张大的嘴巴。老结大吃一惊:啊,闹了半天,原来他是个哑巴!那个解放军同志也脱口而出:"啊,是个哑巴。对不起,对不起。"又转身安慰老结说:"同志,你别着急,回头我帮你问问。"

正说话间,列车一声长鸣,徐徐开进了一个小站。那个哑巴站了起来,收拾了一下行李,看样子就在这个车站下车。列车一个刹车,那哑巴站立不稳,身子一晃,差点倒在解放军同志怀里,幸亏解放军同志手快,忙把他扶住。正在这时,老结发现戴眼镜的向解放军同志说了声"谢谢",不由得火冒三丈:啊,闹了半天,这小子的哑巴是装的,他把我们大伙儿都耍了!老结气得牙齿一咬,跳到窗口,袖子一卷,眼珠子瞪得滚圆,指着已经下车的"眼镜"大吼一声:"你你你给我过过过来!"谁知那戴眼镜的在车下转过身,伸长脖子学着老结:"我我我给你你你……"

这一学非同小可,老结触景生情,想起了那个"向右右右拐"的恶作剧,于是新旧酸苦一起涌上心头:哟,我这个结巴就这么受人欺负!唉,真不该出来受这份罪。他越想越气,越气越难过,两滴眼泪不禁流了下来。

老结正在难过,忽然,那个解放军同志叫他:"同志,你看,这是那个戴眼镜的给你的条子。"老结心想:这小子学我不算,还要画我的漫画不成? 他接过纸条一看,竟惊得连大气都不敢出了。一行行清晰的字呈现在眼前:

同志:

请原谅,我并不是哑巴,但我却是个严重的结巴。

当你问我的时候,我本该立即回答你,可是我发觉你也患了这个毛病。如果我结结巴巴地向你答话,你岂不以为我是在嘲弄你? 一场误会势必发生。你问的小桥车站,离这儿还有三站,下午2点20分正点到达。你是个外地人,对那儿不熟悉,下车后向右拐,可到问询处找一个姓刘的老同志,他见到背面的附言后,会给你帮助的。

请原谅,我没有及时回答你。

老结忙把纸条翻转来,背面写着给老刘同志的信:

爸爸:

这位同志与我在列车上萍水相逢,他和我一样,不幸患有口吃的毛病,我希望你多多给他一些方便。愿天下病残者都得到帮助,咱们同病更应相怜。

儿刘诚

老结简直不敢相信眼前的一切,人情的暖冷炎凉,是非的曲直圆方,变化得这么集中和突然。老结一下扑到窗前,把头伸出窗口,望着已经远去的刘诚,热泪滚滚。

(陈多林)

远方的呼唤

　　1966年秋季的一天，一列满载红卫兵的火车在原野上"呼哧呼哧"吃力地奔驰。那一节节车厢，简直就像一个个沙丁鱼罐头，座位上、走道上、行李架上，甚至连厕所里，人都塞得满满的，别说走动，连自己给自己搔痒都有困难。

　　在12号车厢里有个小伙子，他叫牛卫红，已经站立了几十个小时，累和饿还可"下定决心"坚持，可这大便憋得他实在受不了。幸亏火车来了个临时停车，他费了九牛二虎之力从车窗里爬出来，钻进了路边的草丛里。谁知他才拉了一半，火车就一声长鸣扔下他开跑了。

　　这一下牛卫红傻了眼，在这前不着村、后不着店的旷野里，他孤零零一个人，真是叫天天不响，喊地地不应。他像无头苍蝇似的往前走,走呀走呀,不知走了多少时候,来到了一片树林里。

这时天已渐渐暗下来,他正想坐下来歇一下,突然看见远处有一束红光,他精神一振,急忙朝红光奔去。走近一看,只见一座草屋门上挂着一盏红灯,牛卫红在门口连叫了几声,见没人答腔,便掀开门帘闯了进去。

草屋里坐着三个人,一对老夫妻,还有一个姑娘。见牛卫红进门,三个人都抬起头来看着他。老汉猛地站起来,又将他上上下下看了个仔细。

这时候,牛卫红是又饥又渴,也顾不上客套,就把自己的遭遇讲了一遍。老汉听罢点点头,让牛卫红在一个红垫子上坐下,又吩咐老伴给牛卫红端来一碗放有鸡蛋的红茶。

牛卫红虽然吃不惯这种稀奇古怪的东西,但饥不择食,还是三下五除二统统灌进肚子里。

老汉见他吃完后,笑笑说:"好,从现在起,我们就是一家人了。"

说完,老汉又拉起姑娘,吩咐道:"莲儿,他今后就是你的男人,你们先说说话吧。"

牛卫红一听这话,大吃一惊:"你说什么?我怎么是她的男人?"

老汉脸一板,说:"怎么,你不认账?"

"我……"

老太太怕他们吵起来,连忙站起来说:"莲儿是我们的女儿,已到了出嫁的年龄,按照我们祖上传下来的规矩,在门上挂一盏红灯,小伙子见了红灯,如愿娶她为妻,就可进门求婚。我们看中了,就让他坐红垫子,请他吃鸡蛋茶。小伙子吃了鸡蛋茶,就是姑娘的男人。你懂了吗?"

牛卫红这才如梦初醒,急得大叫:"不行,不行!我是红卫兵,我要革命,不能结婚。你们这种风俗是四旧,我要造反!"说完要走。

"你敢!"老汉一声怒喝,顺手从壁上摘下一把明晃晃的大刀,高高举起,"哼,你想让我女儿做寡妇,我今天就先宰了你!"

牛卫红毕竟是个文弱书生,出世还没听说过用大刀逼着谈恋爱的,更没碰到过这种刀光剑影的场面,顿时吓得面孔煞白、两腿发软,只得任其摆布了。

就这样,牛卫红和莲儿成了亲。

说实话,莲儿是个很好的姑娘,她淳朴、勤劳,也很漂亮,对牛卫红温柔体贴,关心备至。可是牛卫红毕竟是在大城市里长大的,而且还有自己的理想和追求,对这里的一切都觉得格格不入,几次想偷偷逃走,可莲儿家里那只大黑狗像接受了特殊任务似的整天跟着他,把他看管得死死的,逃跑比登天还难!

时间过得真快,一晃过去了一年。莲儿生下的儿子也满月了。

就在喝完儿子满月酒的时候,牛卫红向他岳父母提出了一个要求:回上海看看自己的父母。

老汉考虑了好一会,最后说:"回去可以,但你得说实话,还回来吗?"

牛卫红心想:哼,到了上海就是我的天下,你带了大黑狗也找不到我,我还能再回到这鬼地方来吗? 他心里这么想,可嘴上却答应得很爽气:"我这里有老婆、儿子,能丢得下吗? 你们放心,我一定回来。"

老汉笑笑说:"只要你不骗人,我同意你去。"说完走进里间,取出一个小瓷瓶,拔掉塞子,倒出一粒药丸,郑重其事地说:"要是你说的是真心话,那就把这颗药吞下去!"

牛卫红听了一惊,朝那黑色的药丸看看,又朝老汉望望,心想:难道想把我毒死? 他愣了。

莲儿见他疑惑,就问:"你真的会回来吗?"

牛卫红忙说:"难道你也不相信我? 我可以对天发誓,如不回来,就天打五雷轰!"

莲儿乐了,拿起那粒药说:"那你就把它吃了,我包你平安无事。"说着将药丸塞进牛卫红的嘴里,并递给他一杯水,看着他将药丸吞进肚里。

第二天,老汉家里杀鸡宰羊,为牛卫红饯行,莲儿提着他的行装,送了几十里路。

在临上火车时,牛卫红忍不住问道:"莲儿,你爸爸让我吃的究竟是什么药?"

莲儿说:"我正要告诉你,那药丸叫做化骨丹,人吃了它,半年以后,全身的骨头就会变成粉末。当然,我父亲有解药,吃了解药就平安无事。所以我要求你在半年之内一定要回来,一定,一定。"

牛卫红说:"你放心,我一定回来。"

牛卫红告别莲儿,终于回到了上海。他想:什么化骨丹!还不就是想诓我回去,我才不钻你们的圈套呢。于是他把莲儿的话抛到脑后,找到自己的哥儿们,又干起那冲冲杀杀的行当来了。

四个月后,牛卫红开始感到四肢无力,全身关节又酸又胀,这才又想起了化骨丹的事,心里非常紧张,忙向父亲说出了在外地的那段奇遇。

父母听了倒也不以为然,上海的医学很先进,还怕找不到化骨丹的解药吗?谁想到,他们跑遍了所有的大医院,都不识此病,更没办法治疗。

事情很快传到一个老中医的耳朵里,他急忙找上门来,为牛卫红作了仔细的检查,又详细地问明了情况以后,激动地说:"好,好,总算找到了!"

原来,老中医家世代行医,他父亲临终前告诉他说,曾经有一种药叫化骨丹,已失传两百多年,要他设法找到,并将化骨丹解药的配方传授给了他。可是几十年过去了,始终没有找到化骨丹。如今,他得知化骨丹还留在人间,这是中医宝库里一笔可贵的遗产,他能不激动吗?

老中医正想告诉牛卫红,他的病他有解药,但话到嘴边又咽了回去。他知道,如果现在把牛卫红的病治好了,他肯定不愿回去,那老汉失去了女婿,岂不愤恨,还能把化骨丹的配方拿出来吗?为了找到化骨丹,只得委屈牛卫红了。他回到医院,立即向院领导作了汇报,领导立即向上面请示,可是半个月过去了,杳无音讯。

事有凑巧,当时中央一位领导来上海,他得知这件事后,忙派秘书进行了调查,然后作了这样的批示:

　　不仅仅是中医遗产,更涉及到民族关系,请牛卫红同学以大局为重,立即返回。

最后牛卫红终于回到了莲儿身边,他吃了解药,身体很快恢复健康。从此,他拜老中医为师,钻研起中医学来了。至于要老汉把化骨丹的配方献出来,那恐怕是不成问题的问题。

(张　芫)

藏钱

　　刚"下海"那阵，一次根生到济南去进货，由于天晚没赶上返程车，便住进了旅馆。当时根生身上带着两千元钱，所以心里一直惴惴不安，很怕碰上小偷，让他们摸去。

　　根生住进的这家旅馆其实是一家澡堂，为了增加效益，他们营业结束后晚上便安排住宿，一晚上每人收费二元五角。虽然条件不怎么样，但价钱便宜，所以也招来不少旅客，当然大都是些和根生一样从乡下进城的农民。

　　当班的服务员是个二十出头的大小伙子，挺麻利地替根生办了住宿手续，随后把根生领进房间。一进门，不知怎么，根生就有一种异样的感觉。这是两个床位的房间，先到的那个旅客是一个四十岁左右精瘦的中年人，眼睛鬼鬼祟祟地老是偷眼瞅根生。根生下意识地摸了摸装钱的衣兜,心里提高了警惕。

根生想来想去,觉得这房间不保险,于是便走到服务台,要求服务员替他保管钱。可那半大小子服务员说他们从没开展过这项服务,收费标准不知怎么定。他看根生心事重重的样子,笑着安慰说:"来我们这儿住的大都是些泥腿子,心眼实,不会做偷鸡摸狗的勾当,你睡觉时把钱放在贴身的衣兜里,保证没问题。"

听他这一说,根生的心不但没放松,反而更紧张了:他凭什么断言这些陌路相逢的人没问题? 根生狠狠心决定,宁可再多些钱,换个单间。

遗憾的是,这里的条件实在简陋,根本没有单间。

"那就给我换个房间吧。"根生把同房间那个人的可疑之处悄悄跟服务员说了。没想服务员狠狠地把根生剋了一顿,说那个农民已经在这儿住了四五天了,是陪妻子来省城看病的。根生自知言语有失,只好讪讪地离开了服务台。

此时已是晚上十点。根生走出旅馆大门,街上公交车已经停驶,天空稀疏地挂着几颗星星,忽明忽暗的路灯,打消了他去另找旅馆的念头。

他只好重新走回房间。那人已经躺下了,根生也准备上床,可刚一坐下来,就听那人"哼"了一声,根生知道他准是装睡,不由得心又提了起来。

根生不放心兜里的钱,自从下海以来,两万元钱已经悄没声息地赔进去了,这两千元是近乎给人下跪才借来的。为了省掉住宿钱,根生本来打算今晚在车站熬一宿,可是天气突然变冷,他穿的衣服很少,加上现在车站上也不允许旅客滞留睡觉。为了找一家住宿便宜的旅馆,他已经先后跑了十几家,没想到最后竟碰上这么一个人! 如果这两千元再让人偷去,根生想他即使不走上绝路,也是无脸再回家见老婆孩子的。想到这一层,根生不由暗暗叹了口气。

这时,床上的那人翻了个身,脸朝向了根生,似乎是要根生相信他睡着了,甚至还微微地打起了呼噜。哼,玩的什么花样!根生一眼就看出来了,他这是装睡,他的眼皮刚才还跳动了几下!

根生更心慌了。他半躺在床上,打开被子,没有脱衣服,把两千元掏出来,攥在手里。他在想:把这钱放在哪儿好呢?老婆曾说我睡觉太死,让人搬走了也不知道,假如那个人在我睡熟时轻轻翻我身,我想我是肯定感觉不到的。

而且还有让根生懊悔不已的是,他告诉了服务员他带了两千元钱,假如他们是一伙的,那……

根生紧张得手心都出了汗,哪里还有一点睡意。他的脑子飞快地转了起来:把钱放进鞋里吧,万一他偷走我的鞋,岂不坏事?放裤衩里?也不行,万一他搜身,那必定是瞒不过去的。他想了各种各样的藏钱方法,可是最后又都被"万一"推翻了。

就在这时,只见那人"通"地坐了起来,根生微微一惊,也忙坐直了身子朝他看去。他仅穿着一条花色小裤衩,很灵活地跳下床,朝根生龇牙一笑,说:"没睡,大哥?我可已经迷糊一觉了。"

"我……我不困。"明明根生比他要小十来岁,这他一定能看出来,但他为什么又要叫根生"大哥"呢?根生更紧地攥住手中的钱,并且把手悄悄移进被窝。

那人朝根生诡秘地一笑,眼睛紧盯了他一下,便出了门。根生的心一颤:难道他看出我手中攥着钱了吗?他那么厉害?根生随即跳下床,冲到门口一看,门外已不见了那人的踪影。

根生越发紧张起来,猜想他一定是找那个服务员密谋去了。

根生看着他凌乱的床铺,突然心头冒出一个念头:不是有过这么一句话吗,"最危险的地方,也是最安全的地方"!对,就这么办。根生急忙把门关上,冲到他床前,把钱放到了他的褥子底下。此时，根生的心"咚咚"地跳着，就好像上战场一样。

大约过了十分钟，那人才回来，一进门便捂着肚子说："唉，拉肚子，他娘的——"根生没吭声，半闭着眼。

"睡了？"他走到根生跟前，俯下身轻轻地问。

"没睡。"根生急忙坐起身。

他"噢"了一声，就回到他自己床上躺下。

突然根生灵机一动，想证实一下那服务员对他说的话到底真不真，于是假装随口问道："你已经来四五天了吧？"他顿了一下，犹犹豫豫地答道："哪里，我是刚到。""刚到？"根生心里一惊，又故意追了一句："来做买卖吗？""唔，"他支支吾吾地说，"……来看看什么买卖好做。"根生一听，顿时疑心大起，不敢再往下问了，他说的和刚才服务员讲的完全是两码事。看起来，他们完全有可能是一伙！根生本来想藏了钱赶快抓紧时间睡一觉，明天赶早办事，这一来，整个心都提了起来……

不知过了多久，大概已经是凌晨一点了，周围一片静寂，人们都进入了梦乡，根生也觉得困了，这些天来他一路奔波，此刻阵阵睡意袭来，上下眼皮直打架，可是一个声音一直在他耳边响着："别睡，千万不能睡。一家子的命运都在你手上攥着哩！"根生甚至已经有点后悔把钱放在那人褥子底下，万一他明天起床后心血来潮把褥子翻一下，不就很容易发现这钱了吗，又有谁能证明那钱是根生放的呢？他完全可以亮开嗓门说这钱是他自己藏的呀。

根生一个人胡思乱想的当儿，再看那人睡在床上也不安分，一会儿脸朝着这边，一会儿又脸朝着那边。他的每一次翻身，都使根生的心狂跳不已。对了，他不是说他闹肚子吗，索性等他再上厕所的时候把钱拿出来，还是攥在自己手里放心。

就这么等啊等啊，谁知没等到那人再从床上爬起来，根生自己倒迷迷糊糊睡着了。等到惊醒过来，他立时惊慌地坐起了身子，直骂自己该死。他急忙朝那人床上看去，看到他正背对着自己，才稍微放了下心。根生以为天快亮了，便轻轻地下了床，正在此时，听到外面挂钟"栖栖栖"敲了三下，方知才只有凌晨三点。

根生实在忍不住了，轻轻走近那人床边，试图把钱抽出来。他压低嗓门"喂喂"喊了他两声，心想如果没有动静，就可以动手。谁知那人突然"哼"了一声，翻过身子，把脸朝向了根生。没办法，根生只好回到自己床上……

天亮的时候，根生是被那人喊醒的。

根生大吃一惊，不明白自己是怎么睡过去的。那人给根生递烟，根生说"不会"。根生看到他递烟的手哆哆嗦嗦的，内心好像很激动的样子，心里一沉：他为什么这样激动？难道我的钱……根生不敢想下去，急忙跳下床，紧握双拳。

谁知那人的动作比根生还快！他竟一个箭步跳到根生床前，以迅雷不及掩耳之势掀开被褥，掏出了一个脏手绢包。根生顿时张口结舌起来。他看到那人打开的手绢里包着二十元钱，还见他长长地吁了一口气。

原来，那人把钱藏在了根生的被褥底下。他对根生说了句什么根生没听清，在他一转身的工夫，根生以极快的动作把手伸到了他的被褥底下。万幸，根生摸到了自己的钱！偷偷一点，正是两千元，一分不多，一分不少……

（葛　亨）

城里人和山里人

　　有个城里人,姓徐。他生在城里,长在城里,如今工作在城里。有一次,他出差到兰州,办完事情之后,突然想到了他的内弟。

　　所谓内弟,就是妻子的弟弟,那年逃荒流落到兰州西南一个叫刺儿沟的穷山沟里,被人收留做了倒插门女婿。前些年听说很苦,不知现在情况如何,于是老徐决定趁这个机会去看看他。

　　第二天一早,他乘上长途汽车出发,一路换了三次车,足足颠簸了七个多小时,直到下午4时才到达终点站。

　　他下车一看,懵了:公路已到此为止,不再向前延伸;汽车也回头走了;四面是茫茫大山,山坡上零零落落只有几户人家。面对这样的情景,他心里有点发毛:在这山旯旮里,怎么找到刺儿沟呢?

幸好这时从山路上走来一个人。

老徐见他山里人打扮,急忙上前问道:"老乡,去刺儿沟咋走?"

山里人站住了:"刺儿沟还远哩。"他朝老徐打量了一番,又说,"你是从城里来的吧?路不熟,天黑前怕是赶不到。等天一黑,找不着路不说,那狼叫熊吼的,还不把你吓死呀!"

听山里人这么一说,老徐呆住了。现在是进无路、退无车,这将如何是好?唉,真后悔不该来。

山里人似乎看出了城里人的焦急心情,便笑笑说:"你别急,我给你带路,天黑前一定赶到。"

一听此话,老徐喜出望外,但转念一想:真有这样的好人吗?

老徐朝山里人细细一看,见他四十多岁年纪,身板结实,一身衣服又脏又破,不像是个坏人,看来他只不过是想挣点辛苦钱罢了。

老徐于是就说:"那就谢谢你,我会付你劳务费的。"

山里人好像弄不懂啥叫劳务费,愣愣地问道:"你说什么?"

老徐忙改口:"噢,给钱,我给工钱。"

就这样,山里人领着城里人上路了。

那路,自然比不上城里的马路,也比不上乡间的公路,而是弯弯绕绕的羊肠小道。这对一个城里人来说,简直不亚于"爬雪山、过草地"。

多亏那山里人热心,遇到沟沟坎坎,就伸手拉老徐一把;碰到草丛、荆棘挡道,便用双脚踏平,再让老徐走;逢上跨涧涉水时,山里人二话不说,背起老徐小心翼翼地涉水而过……那服务态度简直无可挑剔,比对待亲爹娘还尽心尽力。这使老徐觉得,山里人毕竟朴实,挣钱也是实打实的,不耍心眼。

可是,老徐渐渐地觉得事情好像有点不大对劲,因为那山里人一路走一路介绍这里曾经出现过的险情："喏,这里曾经跌死过一个人。那个人喝醉了酒,摇摇晃晃走到这里,脚一滑就下去了,连尸体都抬不上来。""喏,这里也死过两个人,他们晚上结伴而走,在这里遇上了狼群,结果留下了一摊血,连尸骨都找不到。""还有这里,经常出现毒蛇,不少人被咬,有死的,也有残的……"山里人一桩接一桩地讲,每桩都有个故事,讲得有声有色。

起先老徐倒没在意,渐渐地就感觉出味来了。他想:这山里人为啥别的不说,专拣吓人的来说? 连同他的殷勤,恐怕是双管齐下,为向我敲竹杠埋下伏笔。哎呀呀,要是他等会来个漫天要价,我怎么办呢? 看来今天这个亏是吃定了。

他们俩就这样走呀走,直到时近黄昏,终于到了目的地。

山里人边擦汗边指指前面不远处的一个小村子说:"到了,那就是刺儿沟,我得赶回去,迟了家里人会牵挂。"

老徐连连道谢之后问道:"老弟,多少钱?"

山里人有点不好意思地笑着说:"还真的给钱?"

"那当然,这是按劳所得,咋能让你白辛苦呢! 你说吧,给多少?"

山里人好一阵尴尬,双手在裤子上搓呀搓,然后喃喃地说:"那你、你就给……给我……五、五……"

老徐已经看出来了,这位朴实的山里人不想也不敢敲竹杠,所以听他"五"字一出口,就断定他要的决不是五千,也不是五百,而是五十元。

老徐心想:就凭他领我跑这二十里山路,给五十元也不算多,何况他还扶我背我呢。于是就准备掏钱。

哪想到山里人胆怯地说:"你给我五毛钱,行不?"

"五毛?"老徐猛吃一惊。他怀疑自己的耳朵是否出了毛病,便又问了一句,"你说什么? 要多少?"

　　山里人连忙结结巴巴地说:"五毛……不,不行,那……那就三毛。"

　　天哪!现在的城里人,一元钱掉地上都懒得弯腰去捡,一顿饭花去千儿八百的,连眉头都不皱一下,麻将桌上更不用说几千几千地往外扔了。可是山里人花这么大的力气,只想挣五毛钱,还如此战战兢兢的。

　　老徐很有些激动,掏出一张五十元钞票,塞进山里人手中,说了声"多谢你的帮助和照顾",便转身朝村里走去。

　　来到村口,老徐回头一望,只见那山里人竟在原地跪着,还一个劲地磕头。他鼻子一酸,怎么也忍不住,流下了一串眼泪。

　　从那以后,那山里人逢人便说城里人如何好心,如何大方;城里人老徐也见人就谈他的这次经历,而且总要加一句:"嗨,山里人真好!"

(徐剑铭)

穿迷彩服的人

长桥市有一个众所周知的"迎春"高级宾馆。昨天晚上,这里发生了一件奇怪的事情。

夜里十一点光景,宾馆里来了一个军人打扮的人。此人身材高大,穿着一身黄绿相杂的迷彩服,手里提着一个特制的拉链黑皮箱。他走到服务台前,把头一伸:"同志,有床位吗?"

当班的服务员叫王莉莉,她将来人上下打量了一番,心中犯起疑来:说他是军人吧,却蓬头垢面,没有军人的仪表;说他不是军人吧,可又戴着领章、帽徽。王莉莉问道:"有证件吗?"

"有!"这人将证件递了过来。王莉莉接过一看,是军人通行证。上面写着,某某同志,由某地经某地至某地,落款是某某部队。盖有鲜红的大印,清清楚楚,不容置疑。

王莉莉把住宿登记簿递上去，那人"刷刷"几下就填好了。然后一边将登记簿递给王莉莉，一边说："同志，我要两个床位！"

王莉莉朝登记簿上看了一眼："你不是一个人吗？"

"是一个人。"

"那要两个床位干什么？"

"我还有一个人。"

王莉莉想：这就怪了！

"你通行证上明明只写了一个人呀？"

"是一个人，还有一个人是跟我一起来的。"

"他人呢？"

他沉默了一会，有些不耐烦了："请你不要问好不好！住一个床位付一个床位的钱，住两个床位付两个床位的钱。我要两个床位！"

"你到底是干什么的？"

"执行任务！"

他的话硬得很，王莉莉不好再问了，她知道，军队里总有一些机密的事，是不能跟一般人讲的。她口气缓和下来，说："大间只剩一个床位了，还有一个小间是两个床位的，只是价格高一点，住不住？""一个床位多少钱？""15元。""住！"王莉莉于是便将房间号码登记上，递上一把钥匙，告诉他说："三楼304号房间。"那人接过钥匙，提上黑皮箱，就上了楼。

王莉莉朝门口看了半天，也没见有人进来，心里不禁又涌上了一团疑云，她想上三楼看一看那个穿迷彩服的人，到底跟什么人住在一起，于是就提着一瓶开水上了楼。

王莉莉来到304号房间门口，见里面灯是亮着的，听了听，果然有说话的声音："……你说过，要找个高级宾馆住住，痛痛快快地喝他个一醉方休。今晚咱俩不醉不散。来，干！""当"碰杯声，"滋溜"酒液入肚。王莉莉敲了敲门，里面发问："谁？"王莉莉说：

"我。""干什么?""送开水。""进来!"

门没上锁,王莉莉一推就进去了。她把水瓶放到桌上,用眼角把屋里扫了一遍。靠墙双人沙发中间的茶几上,摆着两只起开了盖子的罐头盒,一盒是午餐牛肉,一盒是油炸带鱼,摊开的牛皮纸上还放着一只撕开了的烧鸡,两边各放了一双筷子,一只茶杯,茶杯里都斟满了酒。穿迷彩服的军人坐在外边的沙发上,脸喝得通红,里边的沙发上却是空的。四周没有人,洗脸间的门是开着的,灯亮着,也没有人。

王莉莉好生奇怪:明明听到穿迷彩服的军人在跟一个人说话,怎么就不见那人呢? 是藏到什么地方去了? 不可能,房间就那么大。是跳窗逃跑了? 也不大可能。王莉莉进门的时候,窗是关着的,而且还上了插销。那么那个没露面的人到底到哪儿去了? 这个穿迷彩服的真是军人吗? 他究竟来干什么?

王莉莉从304号房间走出来,越想越觉得可疑。十二时交过班,躺到床上,怎么也睡不着,一夜翻来覆去的,不觉天已亮了。想起昨晚的事,越想越不对劲,她赶紧坐起来,穿好衣服,走进值班室,拿起电话,接通了公安局。

公安局正在值班的是一位青年侦察员,名字叫钟成。钟成接到王莉莉的报告,立即联想到昨天公安局接到部里一个通报,说是附近某县银行被盗,罪犯已携带巨款潜逃。这个形迹可疑的人与那个潜逃罪犯是否有关? 他放下电话,迅速穿好衣服,来不及向局领导报告,就骑上摩托车飞驰而去。几分钟后,到了宾馆门口,他跳下摩托车,直奔一楼值班室,王莉莉正等着他。

听罢王莉莉的详细报告,钟成以一个公安人员特有的警觉,推断这个穿迷彩服的军人很可能是个假军人。现在冒充军人或高干子女作案的事屡见不鲜;即使是真军人,也不能完全排除他作案的可能,否则他说话为什么前后矛盾、令人费解? 为什么又把他的同伴藏起来? 会不会这就是那个携带巨款潜逃的罪犯,为了逃避追捕,化装成军人,深夜潜到宾馆里来与他的同伙接头销赃?他手中提的那个黑皮箱里,会不会正装着大量的人民币?想到这里,钟成就像一个士兵在战场上听到冲锋号,浑身的热血都沸腾起来。他是一个公安战士,保卫人民的生命财产,打击敌人,这是他的责任,他绝不能让罪犯从他的手下溜掉。

他决定先到304号房间去看一看。为了防止打草惊蛇,他叫王莉莉借来一套男服务员的服装换上,然后提上开水瓶,拿着一串钥匙,向三楼走去。

五月份夜短昼长,天亮得早,旅客大部分还没有起床。少数要赶早班车或要出去办事的人起来了,有的在收拾东西,有的在洗漱。服务员在拖地板,往房间送开水,动作都是轻轻的。钟成走到304号房间门口,将钥匙轻轻插进锁眼里一拧,一推门就进去了。他若无其事地将水瓶放到桌上,用眼光瞥了一下,一切都看得清清楚楚:外边床上睡着一个人,从床前椅子上放着的衣服看,这就是那个穿迷彩服的人,他已经醒了,正翻身要起床。里边那张床上被子是铺着的,人却不在了。黑皮箱放在被子上面,拉链上了锁。钟成从304号房间走出来,在水池旁找了一个拖把,一边在走廊上拖着地板,一边监视着房间内的动静。

不一会,里边传来"哗哗"的流水声,大概是在洗脸刷牙。停了一会,门开了,那人走了出来,仍然穿着迷彩服,提着黑皮箱,顺着走廊向楼下走去。钟成赶紧放下拖把,从后面跟了上去。到了一楼,那人走到服务台前,放下皮箱,将钥匙递上去,说了声"我走了",就提起黑皮箱走出了大门。

钟成立即冲上去,对王莉莉说:"我要盯住他,你赶紧帮我向公安局挂个电话。"说罢就尾随着那个人走了出去。

那个穿迷彩服的人在大街上一边走着,一边东张西望,像是在寻找接头人的门牌号码。走过一个邮电所时,他突然站住了,然后一转身就走了进去。在齐胸的墨绿色柜台前,他将皮箱放好,掏出一分硬币,买了一张电报纸,"刷刷刷"写上几行字递了过去,接着就付钱,然后提着皮箱出来了。钟成迅速走到柜台前,掏出工作证在服务员面前一亮,要过那人的发报底稿,一看,只见上面写着:

河南古都市 34567 我与 07 明日 8 时到达

钟成一惊:此人居然与外省也有联系,而且还有代号,看来这是一个很大的犯罪团伙。他立即走出邮电所,在纷乱的人群中一下子就找到了那个穿迷彩服的人。大概那人并没有发觉有人盯梢,仍然不紧不慢地走着。

就这么一直来到了火车站。那人照直走进了车站售票处,朝着"北方"售票窗口走去。窗口前排了好长的一条队,他不管三七二十一就往前挤。马上就有人发话了:"喂!自觉点!""解放军应该有觉悟!"有人干脆教训说:"当兵的,有什么了不起,排队去!"他根本不在乎,回过头来把眼一瞪:"嚷什么!排队?打越南鬼子的时候,我怎么没看见你们去排队呀?"钟成想:这人肯定是个惯于冒充的老手。可这些毫无警惕性的旅客,竟轻易地被他的话镇住了。前边的人让了让,他走到窗口前,把钱递进去:"古都市,两张!"钟成在后面听得清清楚楚,又是一个"两"!于是赶紧从侧门进售票室,买了一张与他同车厢的座号票。

列车停在月台前,旅客们已排好了队,等候检票进站。穿迷彩服的人站在人群中间,前后都没有穿军装的,他的另一张票是给谁买的呢?或许他的同伙穿着便装正站在他的身边?他的前边是一个老太婆,牙齿已经掉光了,瘪着嘴。是这个人吗?不可能。他的后边是位姑娘,擦着口红,描着眉,一副港台小姐的打扮。是这个人吗?不敢断定。

旅客们检票进站了。钟成按座号票进了 8 号车厢,看见那个穿迷彩服的人正站在过道里,背靠着墨绿色胶皮椅子,黑皮箱就放在他身后38号座位上,紧挨着的39号座位上,坐着的不是别人,正是那个瘪嘴老太婆。钟成暗吃一惊:难道这个连路都走不稳的老太婆,竟会是他的同伙?难道昨天晚上睡在三楼304号房间的那个幽灵一般的人就是她?而且她还会有这么大的本事,能从三楼的窗口跳下去?或者这个老太婆干脆就是化装的?真是太不可思议了!

"呜——"列车拉响了汽笛,慢慢启动了。只见穿迷彩服的人站了一会,就在过道里坐了下来,他把头往膝盖上一搁,就睡开了觉。他的瞌睡也真大,就像一百天没睡过一样,走道里人来人往,磕磕碰碰,竟丝毫不受影响,而且还响亮地打起了呼噜。谁也搞不清他是真睡还是假睡,过往的旅客不乐意了,难听的话也跟着出来了:"这人是怎么回事?有座位不坐,却偏偏让皮箱占着。""哼!我看神经恐怕有点不正常。"

这时走过来一个男青年,皮夹克、牛仔裤、火箭鞋、鬈头发、大鬓角。他嬉皮笑脸道:"解放军艰苦奋斗惯了,享受不得。哥们站着腰痛,借个位子坐一下。"说完,便挨着皮箱坐了下去。

这时候,只见那个穿迷彩服的人"蹭"地跳了起来,大声喝道:"你给我站起来!"鬈头发故意装傻道:"站起来?站起来干吗?噢!你是要我站起来把皮箱放到货架上,免得坐着不舒服?行行行,咱现在就站起来。"说罢,提起皮箱就要往货架上放。

穿迷彩服的人怒不可遏地命令道:"你给我放下!""放下?噢!你是怕累着我,要亲自来放?行行行,咱现在就放下。"

穿迷彩服的人用手将他往外一拨拉:"你给我滚一边去!"鬈头发一连往后退了好几步才站住脚:"你解放军怎么打人啦?"他捋起袖子、晃着拳头迎了上来,"咱哥们的拳头也不是吃素的。"

穿迷彩服的人轻蔑地哼了一声:"少来这一套,老子连越南鬼子都不怕,还……"鬈头发讥讽道:"打过越南鬼子有啥了不起,炮灰而已!"

穿迷彩服的人浑身一震,脸色涨得通红,眼球似乎要爆出来,他捏起拳头,哆嗦着嘴唇说:"你,你,你再说一遍!"鬈头发不甘示弱,冲着他又喊了一声:"炮灰!""你?"他眼里冒火,一拳打出去,可半道上又突然收了回来,"嗨"一下子砸到座椅靠背的棱角上,手破了,殷红的鲜血渗了出来。

这时,只见穿迷彩服的人用那只滴着鲜血的手,"刷"地一声将黑皮箱的拉链拉开,颤抖着从里面捧出一个用红布裹着的方匣子。他轻轻地将红绸布层层揭开,里面竟是一只骨灰盒!

穿迷彩服的人仰起头,揪心撕肺地大笑着:"炮灰?哈哈哈,这就是炮灰!来呀,你来坐呀。你是人吗?你还有良心吗?你能坐得下去吗?"

这时,只见他脸色变得煞白,豆大的虚汗从额头上直往下淌,身体在颤抖着,越来越激烈。突然他一下子瘫倒在椅子上,可两只手还是紧紧地抱着骨灰盒不放。

整个车厢都震惊了。鬈头发一见苗头不对,悄悄溜走了。人们纷纷围过来,关切地问道:"解放军同志,你怎么啦,不要紧吧?"有人上来为他抹胸捶背,有人调好了一杯糖水递了上来。穿迷彩服的人接过糖水喝了一口,情绪才慢慢镇定下来。一些好奇的青年开口问道:"解放军同志,您能告诉我们这是怎么回事吗?"他沉默了一下,说:"好吧,我告诉你们。"

原来他叫魏保国,他有一个战友叫武志军,两人今年都是19岁。去年他俩一起从农村入伍,分在一个班里,后来又一起开到前线。临战前的那天晚上,两人的心情既兴奋又紧张,他们都不会抽烟,却买了两包"大重九",坐在一起一支接一支地抽着。魏保国问武志军在想什么,武志军说,他长这么大还没去过大城市,打完仗以后,一定要到大城市去好好逛一逛,找一处高级宾馆住上一宿,再买上一瓶好酒,喝它个一醉方休。魏保国又问他还想什么,他沉默了半天,说是想妈妈,想得特别特别……厉害。说着说着,两个人的泪水都不知不觉出来了。他俩都是妈妈的独生子,万一牺牲了,妈妈会是多么伤心啊!魏保国说:"志军,我万一回不去了,你看在我们战友一场的份上,一定要多去看望看望我的妈妈,她看到你,就一定会想到我。"武志军说:"你放心。你光荣了,你妈就是我妈,我给她老人家养老送终!我要是光荣了……"魏保国接过来说:"你妈就是我妈,我给她老人家养老送终!"武志军高兴地一把将魏保国搂住:"那我们就是亲兄弟,死了一个,还有一个,不要紧的!"他俩仿照古人的样子,对着月亮磕了头,结拜为生死兄弟,并把自己的母亲托付给对方。

凌晨两点,部队出发了。他们连是团里的突击队,他们班是连里的尖刀班。魏保国是班长,他把班里每一个战士都编了号,武志军是07号。战斗打响了,他们猛虎一般向敌人阵地扑去,武志军一直冲在头里,一连消灭了十几个敌人。就在这时候,一发炮弹在武志军身边不远的地方爆炸了,他的左胳膊被一块弹片击中,整只胳膊差点儿被炸飞,只连着一点皮,他仍不顾一切地单手端起冲锋枪,将枪托抵住胸部,向敌人猛烈射击。突然,他发现一个敌人的枪口正对准了班长魏保国,而魏保国正在拼命向敌人射击,毫不察觉。武志军喊了一声:"保国!"一下子跳到魏保国的身边,用身体一挡,端起枪对准那个敌人就是一梭子。敌人倒下了,可他的胸部也中了敌人的一颗子弹。部队很快就占领了阵地,魏保国跪在奄奄一息的武志军跟前,哭着说:"志军,你为什么要这样啊?"武志军微笑着,断断续续地说:"我……我已经伤了,不……不死也是残……残废,应该留……留下你……""不!志军,"魏保国又伤心又动情,"志军,你要挺住,我们一定要把你抬下去抢救……"可是,只抬到半道上,武志军就牺牲了。

魏保国说到这里,声泪俱下,他用手在骨灰盒上抚摸着,哭道:"志军,我真后悔呀!我不应该给你编那个不吉利的 07 号,想不到这个 07 号竟成了你骨灰盒的编号。我真该死呀!应该死的是我,而不是你,是你救了我这条命啊!"

车厢里一片唏嘘声。魏保国紧紧地把骨灰盒抱在怀里,嘴里喃喃自语道:"志军,当初你是鲜蹦活跳地和我一起上前线的,你今年才 19 岁呀!想起我们在一起的日子,总觉得你没有死!真的,我带你去住高级宾馆;吃饭,我给你留一双筷子;睡觉,我给你留一张床位;买票上车,我也要让你舒舒服服地有一个座位……"说到这儿,他抬起头,激动地喊道:"同志们,我们这节车厢里,难道不应该有他一个位子吗?他没有死呀,你们相信吗?他真的没有死!"

一个戴着大学校徽的姑娘,擦着眼睛对魏保国说:"解放军同志,我们相信……他真的没有死……他永远不会死!"

一位解放军走过来,庄重地向魏保国敬了个军礼,说:"好战友,武志军就在我们中间,他应该有个位子!来,让武志军同志到我的位置上来坐!"说着,他伸出双手要捧骨灰盒。

瘪嘴老太婆站了起来:"我的位子……本来就是志军这孩子的……是这位解放军让我坐的……现在还是让他……到这里来坐……"

"不!还是到我这里来坐吧。我要下车了。我的位子就让给武志军同志坐!"说话的是钟成,此刻他只觉得一股热血涌上心头,他再也坐不住了,他要立即赶回去,把这一切向局里汇报,并且还要告诉王莉莉,告诉迎春宾馆的同志们,告诉他所认识的所有的朋友们。

这时候,整个车厢里一片肃静,"武志军"的名字从车厢头一直传到车厢尾……

(李奕明)

不 期 之 遇

幸福像访客一样，可以来也可以不来，也许来了又走了，也许永远不会来。

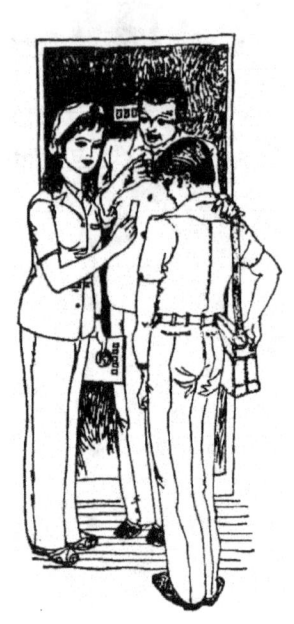

「精灵鬼」出丑

　　俗话说,聪明反被聪明误,这话确有道理。今天就讲一个青年欢喜卖弄小聪明,结果弄巧成拙的故事。

　　这青年姓李,叫李明,是某县农业局的干事,今年二十七岁。小伙子不仅长得帅,而且脑子非常活,平时七七八八的点子特别多,所以大家叫他"精灵鬼"。可是,他至今还没有找到对象。为啥?因为一来他要求高,立志要找个品貌双全的姑娘;二来他"眼光远",一心想高攀个大城市的姑娘,作为离开县城的跳板。这一高一远可吓退了不少姑娘。随着年龄的增长,李明心里不免为对象的事有些着急。

　　正巧这时,他有一个在省城工作的表姐,替他相中了一位符合条件的姑娘,姓罗名佳。据说,不但长得好,而且还是铁路局的先进工作者,可算是品貌双全了。今天他来省城,就是特意来会罗佳的。谁知一到表姐家,表姐说,罗佳为帮别人顶班,不能来了,要两天后才有空。表姐要他留下来等两天,但李明想到明天局里要来一位新局长,别人全下乡了,副局长要他负责接待。李明觉得事关重大,新领导上任,又是第一把手,这第一次见面印象的好坏,十分重要。他盘算了一下,决定先回县里,接了局长后,有机会再请假来一趟,于是就朝车站走去。

李明没见着罗佳,一路上脑瓜子穷折腾:哎,是不是她故意借口不来?……唔,有可能,我条件高,人家条件也不会低呀,我是县里的,她能看上吗?上次表姐拿了我一张四寸照片给她家里人看,也许人家看不上……唉,晦气!他这么边走边想,不觉来到车站,无意中看到车站百货店的橱窗里,有一件饰有金银丝花边的连衣裙。哦,太美了!李明看着看着不由心里一动:哎,我何不买一件送给罗佳!城市的姑娘比较讲究衣着,她一定喜欢。对,就把它作为下次的见面礼。想着,他赶紧走进商店,一问,嗨,卖完了,只剩橱窗里的样品了。李明不愧为"精灵鬼",凭着三寸不烂之舌,竟把营业员说动了心,将橱窗里的样品扒了下来。他乐滋滋地掏出钱,唔,糟糕!连衣裙售价二十三元五角,李明只有二十五元。买了连衣裙还余一元五角,买车票可就不够了,车票是一元六角,就差这么一角钱,让李明犯难了。去表姐家拿吧,时间来不及;不买吧,李明又不愿忍痛割爱。唉,真是一分钱难倒英雄汉啊!

李明正左右为难,突然,一阵风刮来了几声对话:"喂,伙计,买车票的钱不够了。""傻瓜,这事还用愁,花一角钱,买两张站台票就解决问题。"这两人的话就像一把小锤子,将李明的心敲开了一道缝——用站台票上车。对,这是个好办法。哎呀,不行,碰上查票怎么办?不会吧,这条线路我走了多少次,从没碰上一次查票,难道今天会碰上?到了县城……更不要紧,绕道出去。

就这么办！为了爱情，李明决心冒一次险。

事情蛮顺利，李明果然凭站台票上了车。他走进车厢，拣了个靠窗的位子，把挎包朝衣帽钩上一挂，就坐了下来，可他毕竟是第一次做这种事，难免做贼心虚，惶惶不安。突然，他瞄见一位女列车员朝他这方向走来，走到他跟前时，列车员竟站住了："同志！"随着这声喊，李明的大脑"嗡"地一声炸开了。只听女列车员温和地说："衣帽钩上不能挂挎包，请放在行李架上。""哦，好，好！"李明尴尬地一笑，慌忙放好挎包。回过身，他见列车员正打量着自己，不觉也看了看对方：这是一位年轻漂亮的姑娘，蛋形脸，一双大眼睛明如秋水，嘴角挂着一丝笑，一套合体的蓝色制服，干干净净，圆帽下披着乌黑柔软的鬑发。李明心里赞道：哦，真漂亮！姑娘走了，可没走几步，又回头盯了他一眼。这一眼，看得李明心里直发毛，赶紧调转头，故意看着窗外。

旅客越来越多，不一会儿，李明的边座和对座都坐满了人。铃响车开了，李明这才稍稍安心，于是，很自然地打量起周围的人来：对座是一位五十上下的男子，看模样好像是干部。干部身边坐着一位年轻的妈妈，带个五六岁的孩子。自己身边坐着一位时髦女郎。当李明抬眼朝别处看时，突然，他的心提到了嗓子眼。怎么回事？那位女列车员手提一把茶壶，正给旅客倒开水，而她的一双眼睛却不时地朝李明这儿望。可以说，就是在盯视李明。唔，这是干吗？李明心里敲开了小鼓：她干吗老盯着我看，莫不是看出了我的破绽？

那位姑娘越走越近了，终于又站在了他的面前。姑娘刚要张口，只见干部模样的人高兴地叫了声："哎，小鬼！今天你当班？""哟，是高书记！好久不见你了，听说你调动工作了？""是呀……"他话还没说完，车厢那头有人喊："列车员同志，这里要开水！"高书记忙忙说："你忙，你忙，待会再谈。"姑娘走了，临走时又扫了李明一眼。李明脸"刷"地白了，脑门渗出了一层细细的汗珠。高书记见他神色不对,关切地问:"小伙子,身体不舒服?""啊?哦,不,不要紧,有点晕车,没事。"为了不让别人猜疑,他从挎包里拿出一本书,看了起来。其实,他哪儿看得进书,只不过装个样子,心里只盼着车开快点,早到早没事。

过了一个站,又过了一个站,下个站就是他要到的县城了。"啊,上帝保佑!"李明不由松了口气,就差没在胸口划十字。可他这口气还没松完,突然,广播喇叭发出了令他心颤的声响:"旅客同志们请注意,现在开始查票了,请大家不要走动……"广播声犹如一枚炸弹,震得李明两眼发黑,手脚打颤。他本能地站了起来,离开座位,走到盥洗处,机械地用冷水抹了抹脸,从镜子里看到自己面色苍白得可怕:完了,一切都完了!怎么办?他感到头皮直发麻,后脊梁上一道凉丝丝的东西直往下流。

无意中,他看见厕所的门虚掩着,猛然,他脑子活转了:厕所门没锁,列车员忘了,快躲进去!他一闪身,进了厕所,一股臊味直往鼻孔里钻。李明抿着嘴,憋着气,傻站着。过不一会儿,他又转开了脑子:说不定查票的要开厕所门查看,不行,在这里查到更丢脸……不,也许列车员忘了,再说,我解手总不犯法……啊,上帝保佑!这回李明可真的在胸口划十字了。可他的十字刚划了一横,"咚咚咚"厕所门被敲响了。虽说敲得不重,可在李明听来好似打雷差不多,他身子僵了,脖子梗了,眼珠子也翻白了,差点没晕过去。"咚咚"又是两下,这回声音重了。跳窗吧!他一狠心,一咬牙,一伸手,"哗啦"——诸位别担心,他不是开窗跳车,既没这个胆,也跳不出去,厕所的窗户有铁条拦着呐!原来他把门给打开了。门外,站着位弯腰曲背的老太太,张着没牙的嘴,直愣愣地望着他。李明脸一热,赶紧出来。他往车厢那头一看,只见女列车员和一位男乘警已经查到车厢中间。他横下一条心,回到了位子上,拿着书本遮着脸,大脑急剧地翻腾起来。

"同志,请把票拿出来。"是女列车员的声音。李明故作镇静,慢慢地放下书,两手在兜里摸了摸:"咦……票呢?""别急,慢慢找。"女列车员温和地说。这声音在平时,李明听了准会十二万分的舒服,可这会儿,却好像催命鬼在催他的命。他的脸涨得通红,抓抓脑袋,挠挠耳朵,好像真有那么回事:"嗳,活见鬼了!"周围的人也跟着着急起来,那位高书记说:"可别丢了!"大伙一听,都低下头来,朝地上查看。

女列车员似乎也有点着急,她依然文静地说:"想想看,会不会夹在什么地方?""唔,有可能……"李明偷偷看了看列车员,见她双眼紧紧地盯着自己,不由心里直扑腾:她也许故意在看我表演……恍惚之中,他把工作证掏了出来,一张小纸片打着滚,飘飘扬扬地飞落在女列车员的脚下。对面座位上的小孩一下子看到了,大叫:"票,票! 阿姨,叔叔的票在这儿!"女列车员笑了,摸摸小孩的头,拿起了小纸片,一看,脸"刷"地一下红了,两条柳眉在微微地颤跳。李明感到自己的腿开始抽筋了,似乎站在法庭上,马上就要被判决。

"你来一下。"女列车员冷冷地命令道。李明一句话也说不出来,耷拉着脑袋,随着列车员进了乘务员房间。姑娘把站台票往桌上一搁:"这是怎么回事?""这……这……"李明呆呆地站着,他的脸如同舞台上的灯光,一会儿红,一会儿白,一会儿青,一会儿紫,满头的汗水顺着脖子往下流。他掏出手绢,想擦擦汗,顺手又把工作证带了出来。姑娘拿过工作证,十分仔细地看了看,眉梢一挑,脸又一红。

李明发现了姑娘脸上的变化,见她目光变得有点柔和了,心里不觉一动——女人毕竟心慈手软,只要言语恳切,可能会高抬贵手。于是一溜话就像编台词一样顺口而出:"嗯,事情是这样的,我到省城出差,嗯,今天突然接到单位电报,说我爱……我爱人被汽车撞了,我急着赶车,不小心把钱包丢了,袋里只剩一元多,只好买站台票……""什么? 你爱人……"姑娘嘴唇哆嗦,声音发颤,每个字像是鼓着劲说出来的。李明心想:嗯,有门儿,她感动了,于是赶紧找话说:"是啊,唉,真急死人了!"姑娘无力地靠在车壁上,脸上出现了一种奇怪的、近乎痛苦的表情。她声调有些沙哑:"你可要说老实话!""这……你完全可以相信我。"李明一摊手,显得很诚恳。

姑娘猛地挺直了身子,两只明亮的大眼睛直盯着李明。李明被她看得心里直发毛:"我……""不要再说了!你在农业局工作不假,可是除此之外都是撒谎,罚票吧!"李明两眼一黑,耳朵"嗡"地鸣叫起来:这位女列车员怎么这么厉害,听她口气,好像早已看穿了自己的伎俩。李明低头轻声嘀咕道:"我……我身上实在只有一元多钱啊。"姑娘紧抿着嘴,把头扭向窗口,她实在不愿看他。

高书记不知道什么时候站在了门口,前面的对话,他肯定听到了。这时,他走了进来,从桌上拿起李明的工作证,仔细地看了看:"你叫李明,在农业局工作?""是的。"李明的声音低得连自己都听不见。"要罚多少钱?我来付。"高书记说着,掏出钱包。"你?"两个年轻人同时惊奇地望着高书记。高书记随和地笑了笑,对李明说:"我们认识一下,我叫高达,从今天起,我们就是同事了。""高达?您……就是新来的高局长?"高书记点点头。这下,犹如一闷棍敲在了李明的头上,恍惚中,他看见高局长从皮包里拿出了钱。

"不!我……等一下!"李明突然低吼了一声,猛地站起身,冲了出去,把高书记和姑娘吓了一跳。不一会儿,李明拿着挎包跑了回来,哆哆嗦嗦地从里面拿出一只塑料袋:"高局长,我、我不是存心要逃票……我、我来省城相亲,没见着……上车前,我看见这件连衣裙很好,一心想给她买一件,这样,我的钱就不够了,所以就……哎,我鬼迷心窍了。这种事,我李明也是第一次做啊……"他又转向姑娘,惭愧地说:"同志,刚才我是撒了谎,对不起你。这衣服如果你喜欢，就卖给你，只要给我罚票的钱就可以了，帮帮忙吧！"说着，将连衣裙往桌上一搁，在自己的额头上猛击了一巴掌。

高书记和姑娘一听，都愣住了。特别是姑娘，半张着嘴，两眼呆呆地望着连衣裙。高书记拍了拍李明的肩说："既然连衣裙买了，就不要卖掉了，这钱还是我来垫吧。""不，"姑娘终于开口了，"这衣服我……买下了。噢，马上要到站了，我去办罚票手续，你们去准备一下行李吧。"

高书记和李明回到座位上，车厢里的人都朝李明投来讥讽的目光，把李明臊得浑身发烫，如坐针毡，真恨不得有个地洞好钻。

到站了，李明昏头昏脑地随着高书记下了车，刚走两步，忽然身后传来女列车员的喊声："请稍等一下。"姑娘把一卷东西交到李明手里，说："这是票和多余的钱。再见！"说着，姑娘伸出手先和高书记握了一握，随即将手伸给了李明。这下，李明可愣住了，见姑娘微露笑容，神情恳切，不由心头一热，鼻子酸了，眼圈红了，他慢慢地伸出了手。

"呜——"一声笛鸣，车要开了。姑娘跨上踏板，向他俩招招手，又说了一句："李明同志，钞票里有东西！"李明连忙打开钞票，发现里面有一张小纸条，上面有一行秀丽的字：

美的心灵比美的衣服要宝贵得多，希望你永记今天的教训。

李明看了看高书记，激动地问："高书记，她叫什么名字？""罗佳。""罗佳？"李明如雷击顶，目瞪口呆，就像一根电线杆似的僵直了。"轰隆轰隆"火车开动了，李明急转身，踉踉跄跄地跟着火车跑了几步，突然双手抱住脑袋，绝望地蹲了下来。

（夏国强）

漂亮姑娘

　　某路公共汽车上，经常有人自称是某某司机或某某售票员的亲属，这样，碰到不爱管事的售票员，就可以不买票。

　　这天，二号车缺售票员，领导临时叫 103 号售票员去顶班。车开不久，他就碰到了一个不买票的漂亮姑娘，一问，姑娘自称是公司工作人员的亲属。"103"想了想，和气地问："同志，你是公司谁的亲属？"姑娘看了一下这个青年售票员，马上把名字报了出来："三路七号车售票员沈良。103 似乎并不罢休，仍然追问道："你是沈良什么亲戚？"漂亮姑娘脸上露出不耐烦的神色，轻轻地说了声："朋友。"

　　103 眯起眼，细细打量了一会姑娘，哈哈大笑起来。这可把漂亮姑娘惹火了，她气乎乎地反问道："你神经搭错啦？谈朋友有啥好笑的？"103 这才意识到自己有些失态，忙止住笑，说："同志，你别生气。不过——票还是要买的，因为据我分析，你和沈良只是一般的朋友，按规定不能享受免票待遇！"漂亮姑娘一听着急起来，再也顾不得害羞，轻轻地说："我……我和他不是一般朋友，已经快……"姑娘这话车上的人都听明白了，可 103 却仍然不停地追问着："快怎么样？快结婚了是不是？"漂亮姑娘羞答答地低下了头。

103 见状，把票夹子一抬，爽气地说："既然这样，就——"漂亮姑娘刚觉得松了口气，想不到 103 一个大转弯："那就请掏钱吧！"

漂亮姑娘闻听，勃然大怒，竖起一对丹凤眼，狠狠地问："你，你要干什么？"103 也不含糊，一字一顿地说："要钱买喜糖给大家吃啊！"

"哈哈哈！"车厢里顿时一片哄笑。不过也有人觉得 103 玩笑开过了头，一个老年乘客就替那漂亮姑娘打起抱不平来："小伙子，你可不能敲竹杠啊！你盯住姑娘不放是什么意思？"103 赶紧解释道："不要误会，我和她是一家子。""啊！"乘客们如坠入五里雾中，全都愣住了。漂亮姑娘一听，急得脸色大变，扬起手就朝 103 打去。103 手疾眼快，一把抓住姑娘的手，嘻嘻笑道："妻子打丈夫，该当何罪？"漂亮姑娘委屈地大声哭喊起来："流氓，流氓。"

这时，103 脸色一变，严肃地问："你刚才不是说沈良是你的朋友吗？我就是沈良，而且我们汽车公司只有我一个人叫沈良。"

乘客们这才明白了事情的真相，又都大声哄笑起来。

漂亮的姑娘羞得面红耳赤，无地自容，只好掏钱买票，后来没到站就挤下了车。

（祁思学）

贺老万旅游

　　儿子、胡子、银子，有了这三样大概就算有福之人了。贺老万六十挂零，胡子一大把，承包了几年果园，兜里鼓了起来。三样占了两样，单缺儿子，不用说连孙子也给耽搁了。

　　其实老万有过儿子，名正言顺当过六年的爹，只因他当过阎锡山部队的班长，文革当中被挖出来挂牌子游街。他儿子跟着游街队伍哭，哭累了就睡在路旁，之后便失踪了。他老婆悲愤交加，一病不起，也走了。抛下贺老万独自一人，背个"特务"名声，打入另册，苦度时光。"四人帮"垮台后，贺老万平了反，可人已五十开外，娶妻生子的兴趣没了，一个人吃饱全家不饥，也有它的好处。

　　可如今不同了，老万腰粗了，有钱没人替他花，终究是个遗憾。不知谁出了个主意：到大地方逛逛，能挣就得会花。外国人还来中国旅游呢，中国人却死守着土坷垃，没劲！

老万寻思：反正果园的承包合同已经期满，正好有时间可以出去遛遛。在大伙的建议下，他做了身咔叽中山服，罩了条新毛巾，平底鞋，还是一副老晋南打扮。

老万的第一站就是下西安。临行前，有人告诉他，大地方乱着呢，当心烫头发的拉他上钩，老万只是笑笑，不以为然。不料到了西安，刚出火车站，就被一位大姑娘瞄上了。姑娘苗条身材，举止潇洒，蝙蝠衫、健美裤，蹬一双半高跟塑料凉鞋，耳环、项链、戒指一概不戴，只是略施脂粉，浅描蛾眉，淡淡涂了层唇膏，一切都是恰到好处。

姑娘道："大伯！刚下火车吧？"

"是呀！"老万曾听人说，大城市的客店老板精着呢！专雇些女孩子在车站招揽生意拉顾客，便问："你们的旅馆远不远？"

姑娘咯咯一笑："不，大伯，您误会了。有件事请您老帮个忙。"

"什么事，尽管说吧？"老万没能猜对，怪不好意思，因此越发显得慷慨而认真，"只要能办到，绝对没问题。"

"大伯，我想给我爹做套新衣服，可他人在老家咸阳，他的身材跟您老差不多，劳驾大伯帮我去量个尺寸好不好？"

"好，好！这有啥？没说的，这点忙还帮得了。"于是他跟随姑娘转街拐巷，来到一个僻静处，这里果然有家缝纫店。

一进店门，姑娘就喊："老板！给我爹量尺寸吧！"

老板应了声，一边喊徒儿给老万泡茶，一边拎了软尺来到老万面前，身长、腰围、肩宽……量一样，喊一句，那边早有人挥动剪刀"嚓嚓嚓"忙活起来。

尺寸量完了，热茶也端上来了，老板请老万坐沙发上用茶。老万正口渴难忍，自然感激不尽，心里说：大城市毕竟不一样，服务态度没说的。便也憋着学句普通话:"谢谢! 谢谢!"

那边的缝纫机一架挨一架,"嗒嗒嗒"响个不停,连锁扣眼都是机器干,真是干净麻利。老万刚喝完第三杯茶,一身银灰色的西装套服已经缝制完毕,只剩钉最后一粒扣子了。

老万道:"谢谢老板的热情接待,我该走了。"

"急什么?"老板上前一步,赶忙挡住,"就好了,您老就带上吧!"

老万一愣,笑道:"老板,不是我的衣裳,是人家的。"

老板也一愣:"什么! 不是你的? 那是谁的? 不是你闺女让你量的尺寸吗?"

"你误会了,老板,咋会是我的闺女? 不信你问那位姑娘。"

老板冷冷一笑:"你这人真怪,没见你闺女已经走了吗? 让把衣服交给你。这会儿让我们上哪找她去?"

贺老万无言以对,此时此刻他才意识到:这是骗子合伙变着法儿坑人哩,让你哑巴吃黄连,有苦说不出来。

事情果然如此,老板将熨平的西装放在他面前,无非一身普通化纤衣裳,工料费竟高达180元。

"奶奶的,这个爹不好当啊!"老万心里暗暗骂道,他转而又想,"唉! 权当买个教训吧!"就索性将这套西装穿上了身。站在镜前照照,也还洋气,于是苦苦一笑付了钱,将换下来的中山服胡乱塞进提兜,头都不回,匆匆走出门。

有了这次教训,贺老万乖巧多了,在街上转悠,再不跟人随便搭讪。

这天,他找了一家旅馆,住的是双人房间,同室是位三十出头的年轻人,西装革履,风度翩翩,而且举止温文尔雅,谈吐一团和气,据说是位高干子弟,现任西安南郊一家农产品开发公司总经理。老万一看人家递上的名片,竟跟自己一个姓,就笑道:"贺同志,咱们还是一家子呢!"

"可不，"贺总经理也眯眯一笑，"不是一家人，不进一家门嘛！大伯！我们有缘啊！"两个人你一句、我一句，越谈越亲热，越聊越痛快，先是带把烟，后是芒果汁，说到开心处，贺总经理绾着袖子摸出一只道口烧鸡、一瓶孔府家酒，非要跟老万乐一乐不可。"大伯，反正天也黑了，又闲着没事，谁爱看那电视广告？咱爷俩干脆一醉方休！"

一提"醉"字，老万警惕起来，心说：怎的？要灌我吗？没门！不过他仍笑道："不必客气，老汉我从来不会喝酒，你自个喝吧！"

贺总经理似乎意识到什么，也不强求，略一谦让就自斟自饮起来，顺手撕给老万一块鸡脯，自己拧了条鸡腿，大口嚼着咽着，没过半个钟头，脸已红到脖子根了。

老万劝道："少喝点吧！当心伤了身子。"一句话引得贺总经理热泪盈眶，道："大伯，您老不知侄儿有多委屈！我爹当县长的时候，天天贵客盈门，我成了人人捧场的公子哥。爹去世后，后娘跳腿走了，自此门前冷落车马稀，谁眼里还有我呢？我老婆是教员，整天泡在学校，回家还带一摞学生作业批改，她心里只有她的学生。咱又无儿无女，真是凄凉极了。我常独自喝闷酒，根本没人劝我少喝点，谁会管我伤不伤身子。我多希望有个爹妈在跟前，像大伯一样疼疼我呢！"说着说着竟然哭起来了。顿了顿，又道："一见您这位老伯，我就想起了爹，反正您老也无儿无女，还不如给我做个干爹哩！对不对？老伯！"

贺总经理说得情真意切，热泪滚滚，实在叫人难以拒绝。可这会不会也是一个圈套呢？老万正疑惑间，贺总经理"扑通"跪倒在地："老伯！您是孤老，我是孤儿，老天爷把我们捏到一搭啦！您老就答应我吧！干爹！"

"这怎么使得？快快起来！"老万赶忙搀扶，可人家偏不起来，万般无奈，只好硬着头皮认了。

　　一宿无话。次日清晨，贺总经理绝早起身，打来热水，伺候老万洗了脸，带他到解放路吃了羊肉泡馍，还给他买了条领带，买了顶带把的南瓜帽，将老万打扮得堂而皇之，俨然一副老干部模样。"爹！咱们采购东西去！"贺总经理带着老万租了辆客货两用车，驶至钟楼北宏达家电有限公司，恰逢此时公司为庆祝开业五周年实行九折大酬宾，挂了好大一幅横标。

　　他们停好车一起跨进店门，贺总经理递上名片，店老板笑脸相迎，让座上茶。贺总经理道："爹！您坐坐，喝口水，我来挑东西。"于是彩电、冰箱、录音机，挑了七八样高档货，按九折共合人民币一万三千余元。开了票，装上车，贺总经理对老万说："爹！手提箱给您，里边有零钱，想吃什么就买什么。这是两张电影票，您老收好，十二点的，等我回来咱们看电影。"回头又对店老板说："我爹在您这儿等我，他老人家想吃什么，劳您打发人跑跑腿。我去银行提款，您派个人跟着，以免出岔，半个钟头就能回来。"

　　"说到哪儿去了，"店老板谦和地说，"老爷子还在这里呢，会出什么岔！您随便吧！多谢光顾！"

　　就这么一万多元的货分文未给，贺总经理就将车开走了。半小时不见消息，一小时还杳无音讯，看看墙上的石英钟，已是十二时二十五分，电影早开映了。贺老万起了疑心，忙打开手提箱看，里边只有一叠叠摆得齐整整的草纸，不觉吓出一身冷汗。店老板更是焦急，一口一声地问老万："老人家！你们住哪儿？远不远？"

　　"谁知道呢！"老万如实相告，"他是我昨天夜里在旅馆才认下的干儿子。"

　　老板听罢，大惊失色，知道上了大当，"刷"地拉下脸来，骂道："你们这对骗子！"立即喊来两个人，一边一个将老万架起来，连推带踢，拖至后院，去见经理。原来老板只是部门主任，公司经理在后院办公室里，也是一位年轻人，顶多三十六七，人却相当沉稳，喜欢一个人躲在屋里琢磨生意。此时他正在阅读《经济参考》，听到院里人声嘈杂，赶忙迈出房门，见扭来个老汉，让先松开手。听店主任诉毕，他从头到脚把老汉打量了一番，不紧不慢地问道："我看你也是五六十的人了，什么时候学会骗人的把戏？"

贺老万一听肺都气炸了，铮铮说道："我今年六十岁，从没骗过什么人。我是叫龟儿子给骗了！"经理也没生气，又问道："什么地方人？""晋南人！""晋南人！"经理重复了一句，把贺老万又打量了一眼，好像想起了什么似的，他指着一张沙发，让老汉坐下，然后倒杯热茶给老汉，这才问道："大伯！你们老家是不是有条大河？您家就在大河边上？"

"是呀！那是浍河，你咋知道？"

经理仍没正面回答，他问："大伯！你是不是有个儿子叫六儿？"

"有呀！六岁那年给丢了。"贺老万捧着茶杯的手抖了一下，水溢了出来。

经理眼眶湿润了，他弯下腰，握住老万的两只手："爹！"

"什么？"老万一听叫"爹"，心里不禁猛地一震，差点晕倒，眼也直了，唇也白了，双手抖得像筛箩一样。前两次认了个干女儿、干儿子，可把老汉害苦了，现在又冒出来个儿子……

经理扶住贺老万，俯在老汉的耳边，轻轻地说，"爹，我就是您的六儿。""啊！你是六儿？那……那你把鞋袜给脱了！我六儿是 6 只趾头。"经理见说，赶忙脱了，果然他的左右两只脚，都是 6 只脚趾头。老万看罢身子一倾，狠狠抱住六儿，泣不成声……

当年六儿睡在路旁，被人贩子拐到洛阳，卖给了一位西安来的采购员。采购员夫妇无儿无女，待他如同亲生。他高中毕业未能上大学，又找不到合适的工作，就学着经商，卖袜子，卖成衣，由小到大，五年前集资开了这家家电公司，如今已独资经营。他的养父母去年相继病逝，临终告诉他，他的生身父母在晋南，但不知具体地点，大概在大河边上，靠捕鱼捞虾为生，他的生父下巴上有块黑痣，痣上有撮毛。他的乳名叫六儿，其余什么都不知道了。这点儿线索还是当年从自己嘴里说出来的，如今他早忘了，养父母还记着，要他无论如何操点心，找到亲人自己就不孤单了。他为了永志不忘，将自己的儿子也起名六儿，现在正在小学读书。

老万听了这些事，高兴得眉开眼笑，早把刚才那桩儿受骗事忘掉了，立马就想见到儿媳和外孙。那个小老板说："那刚才受骗案如何处理？还报不报案？"老万、经理都主张不报，权当找亲人花费了。这个故事在西安广为流传，成为佳话，那个骗子"贺总经理"和在车站"钓游鱼"的姑娘，听到后都很感动，主动来宏达家电公司向老万父子投案自首。六儿经理不咎既往，以礼相待；老万兴奋之余，真的认他们做了干儿干女。他俩也真的改邪归正，跟着干爹义兄一块经商发财，再不干那伤天害理的勾当了。孤身一人的贺老万，一下子儿女双全，三世同堂。"爹！""爹！""爹！"这个叫，那个叫，整天叫个不停。

（常志年）

车厢趣闻

　　王晶是 308 次列车上的列车员,今天她很高兴,因为临上车前,她姐夫来电话,说为她介绍了一个条件很不错的小伙子,并约定到终点站后,由她姐姐陪她一起去相亲。

　　此刻,列车在奔驰,王晶坐在乘务室里想着小伙子的模样,这时外面有人敲门。王晶嫌烦,没好气地问:"谁,干什么?"

　　"麻烦你把厕所的门打开。"是个男人的声音。

　　王晶还在想着心事,懒得去开门,就随口说:"厕所坏了,你到别的车厢找厕所吧!"

　　谁想到门外那人仍不肯离去,他问道:"哪地方坏了,我可以帮你修!"

　　哟,想不到还有个雷锋叔叔呢!王晶心里这么想,嘴里却说道:"你吃饱了想消食呀? 有工夫修,还不如走几步到别的车厢去找厕所。"

外面的男人不耐烦了,声音提高了许多:"你怎么这样说话,修好了厕所,能方便其他旅客,你难道这点职业道德都没有?"

王晶的好情绪被彻底破坏了,她恼羞成怒地拉开乘务室的门,大声说道:"这半夜三更的,你学什么雷锋,我看你就没安什么好心!"

门外站着的是个二十多岁的小伙子,被王晶这么一说,他的脸一下子涨红了,好半天冒出一句话:"走着瞧,你会后悔的。"

小伙子气哼哼地走了,王晶又把乘务室的门"砰"地关上,一屁股坐在凳子上,嘴里嘟哝道:"你还能把我怎么的,再有三个小时,列车就到终点站了,一下车各走各的路,这辈子恐怕就见这一次面哩,我怕你?"

大约又过了半个小时,王晶听到自己管辖的车厢里传来嘈杂声,她开门伸头望去,见两头的旅客都朝车厢中间瞅。她不知道发生了什么事,忙问过来的一位旅客,旅客告诉她,有人在车厢里撒尿。

"谁这么无礼?"王晶火了,急忙奔了过去。

旅客见列车员来了,就用手指指 54 号座位上的一位旅客。此刻,那旅客脸朝漆黑的窗外瞅,一副毫不在意的样子,他旁边座位上的人都已经逃光了。

王晶是个泼辣的姑娘,她一步冲过去,大声问道:"喂,你为什么在车厢里撒尿?"

见那人没理她,王晶提高嗓门喊道,"问你呢,挺大个人,难道是聋子?"

那人回过头,一字一句说道:"小姐,请尊重事实,我是往矿泉水瓶子里撒尿。"

王晶一看面前那个男人,正是刚才吵着要开厕所门的小伙子,不由皱皱眉头,骂了一声:"真不要脸,流氓!"

小伙子不急不恼,仍用平静的口气说话:"小姐,请你用文明语言说话好吗!"

"文明?对你这样的流氓,谁跟你讲文明!"

"哟,尊敬的小姐,凭什么说我是流氓,哪条哪款写着不准朝瓶子里撒尿?"

"你……你等着!"王晶说完转身就走,不一会,叫来了列车长和一个大个子乘警。

面对列车长和乘警,小伙子毫无惧色,脸上反而露出了笑容。王晶突然就感到不对劲,觉得这个小伙子是在设圈套。

果然,小伙子把王晶一路上的表现都抖落出来,又指指厕所门说道:"我已进去查看过,厕所一点毛病也没有,可这位小姐却非说是坏的,这种工作态度实在不应该!"

列车长弄明白了事情的经过,狠狠地批评了王晶一顿,并让她向旅客们作检讨。

随后,那大个子乘警抓住小伙子不放,说:"你大庭广众之下在车厢里撒尿,我们决定对你经济处罚……"

小伙子一伸舌头,自言自语道:"妈呀,这么严重?"又风趣地向围观的旅客问道:"大伙儿帮这位乘警同志想想办法,能不能用别的法子代替经济处罚?"

旅客们被他逗得"哄"一声笑了。

王晶幸灾乐祸地说:"怎么样,后悔了吧?我给你想个办法吧,你要能把这瓶尿喝了,这钱我替你拿。"

"小姐此话当真?"小伙子眼睛亮了。

王晶刚才的气还没消,见小伙子要当众出丑,自然不肯放过这样的机会,忙说:"绝无戏言!"

小伙子无可奈何地耸耸肩,说道:"看来只好这样办了!"说着,他拿起瓶子,嘴对嘴"咕嘟咕嘟"地喝起来,列车长和乘警想阻拦已来不及了。

大伙儿看得目瞪口呆,王晶更是闹得丈二和尚摸不着头脑。

正在大伙儿百思不得其解的时候,小伙子弯腰从座位下拿出一个空啤酒瓶子,扬了扬,说:"放心吧,我知道在公共场所该怎么做,想不到尿和啤酒的颜色还真有些像哩!"

四周又是一阵哄笑声。

火车到了终点站,那小伙子临下车时给王晶留下了一封信,上面写着:

王晶同志:

　　我是文工团的小品演员,和你姐夫在一起工作,他曾为我介绍他那个很漂亮的妻妹。

　　上车后,你的外表和举动吸引了我,我曾几次想对你说,我就是你明天要见的人,但后来的事令我失望。

　　一个不能关心他人的姑娘,是很难得到小伙子爱慕的。我希望你能改正缺点,我下次再坐你的车……

(宋利民)

陌　路　险　情

不幸的事件依然以各种不同的面貌出现，在这些值得重视的、不幸的冲击中，往往隐藏着生命的火花。

真假之间

　　赵直和他的新婚妻子，两个人都是土生土长的"土包子"，这次他俩也想感受感受新时代的气息，便来个旅行结婚，到了省城。赵直夫妇是有生以来第一次进省城，那大城市里林立的商店，沿街叫卖的小贩，流水似的各种车辆，形形色色的行人……简直使他俩眼花缭乱、目不暇接。

　　他俩正漫无目的地在街上看着、转悠着，突然马路边有个人把他俩吸引住了。那人三十多岁，身穿皱巴巴的西服，脚登尖得出奇的旧皮鞋，头发又长又乱，简直像一蓬蒿草，一张没有血色的脸，两条几乎连在一起的浓眉，小眼睛、塌鼻梁、薄嘴、尖腮，让人看了既可笑，又恶心。

　　他是一个卖表人，此时正和两个青年人在讨价还价。他张开装有两颗金黄色假牙的嘴巴，一边说："哼，你俩真是有眼不识真货，不说别的，就这表的款式，你们见过吗？"一边转动着两只小眼睛，向四周张望着。

买表的两个青年，一矮一瘦，矮胖瘦高，呆头呆脑，土里土气，被那个卖表人一顿奚落，弄得面面相觑。那个矮胖子不由自主地将一块表放到耳边想听听，卖表人冷冷地甩了一句："那是电子表，无声的！"

一听这话，围观人群里一阵骚动，有个戴白凉帽的人竟"嘻嘻"笑出了声。这可伤了两个青年人的自尊心，他们愠怒地扫了"白凉帽"一眼，又向观众投过了求援的目光。瘦高个青年从矮胖子手里拿过表，对正站在他身边的赵直恳求说："师傅，请您给看看，这表到底咋样？"经他一问，赵直的脸刹时涨得通红，连连摆手说："不，不，实在对不起，我也不懂这玩意儿。""别客气，给看看嘛，多个人看看总会好些的。"说着把表递到了他手中。赵直妻子倒比赵直经得世面，轻轻拉拉窘得直往后退的赵直的衣角，说："你就看看嘛，反正咱也要买一块。"

不料卖表人一见，又冷冷地发话了："要买就买，没钱就算，不要这个看了那个看，他懂个啥？"说着竟向赵直轻蔑地瞥了一眼。这一眼可把赵直惹恼了，他望了望妻子，正想说什么，那个矮胖子已冲着卖表人嚷开了："怎么，我们买你的表又不是不给钱，你说话好听点。"卖表人干笑了一下："就他那样，是戴表的人吗？乡巴佬！""不许你嘲弄人！"矮胖子又吼道。"不是我嘲弄，瞧他那寒碜劲……"卖表人虽然声音压得很低，却被赵直听得清清楚楚，赵直气得咬着牙，手在微微颤抖。

那卖表人见了又冷嘲热讽地说："哎——你的手怎么在抖呢？当心点！别把我的表掉地上摔坏了。""摔坏了赔你！"一矮一瘦两个青年被卖表人这种腔调激怒了。

卖表人反唇相讥："赔？他能赔得起吗？"

赵直被激得怒不可遏,握紧了拳头向卖表人吼道:"闭了你的鸟嘴!"

两个青年听到这声猛喝,不禁一愣。可卖表人却把头一扬说:"你能掏出七十元钱,表就归你。"赵直听说七十元,犹豫了,他向妻子望了一眼,只见她正怨嗔地望着他。

卖表人依然轻蔑地说:"买不起就别充胖子! 阿尔巴公。"

矮子不懂地盯着他:"什么阿尔巴公?"

"怎么,不懂? 哈哈!"卖表人揶揄地耸耸肩,"阿尔巴公就是小气鬼,小气鬼就是阿尔巴公。"

"别说了!"赵直猛地吼了一句,"你的表我买了,不管它是真是假,只要你不怕坏了良心!"说着就气呼呼地掏出七十元钱,朝卖表人一扔,"做人宁可正而不足,不可邪而有余!"又一转身,对两个青年说:"谢谢二位相助。"他狠狠瞪了卖表人一眼:"希望再有机会见到你,到那时我再看你的良心是黑的还是……"没等他把话说完,他的妻子就把他拉走了。

赵直被妻子拉着走了几步,又不甘心地回头望望。这一望,他心里一惊,只见那个白凉帽打了一个响指,直朝他们走来。妻子惊恐地紧紧攥住了赵直的手。赵直嘴里说道:"别怕,我也不是吃素的。"可心里却有些紧张,赶忙拉着妻子拐了个弯,进入一条小巷。等他们走出巷口,只见一个人挡住了去路,一看,又是那个白凉帽,这时他已戴上了一副墨镜。赵直刚要开口,白凉帽先说话了:"你们这唱戏的可不能走,快跟我来,好戏还在后头呢。"听他说出这话,赵直感到十分奇怪,也觉察到他的话里含有的神秘味儿,一种强烈的欲望驱使着赵直,同时赵直也仗着自己一米八五的个头,足比对方高半个头,而且他也曾跟农村里的武师学过一点功夫,因此,他便拉了妻子跟着白凉帽走去。

赵直和他妻子跟着白凉帽走了一段路,竟惊奇地发现在一条窄长的巷道里,那两个买表青年追上了前面的卖表人,三个人一边走，一边哈哈大笑。赵直终于明白了是怎么回事，气得狠狠地唾了一口，禁不住骂了一句粗话，白凉帽忙摆手叫他不要声张。

原来前面那三个家伙是一伙的！卖表人是走私集团的头儿，人称"老泥鳅"，他在海上走私，多次像泥鳅一样，在侦缉人员的网里溜了。这时，只见那个瘦高个把手中的一只黑色提包朝老泥鳅手里一塞，得意地哈哈大笑起来。

他们笑声未绝，突然听到一声低沉而威严的断喝："站住！你们的戏该结束了！"三个人被这一声惊得魂儿差点出窍，一抬头，只见一个身穿蓝便衣、瘦矮精悍的男子站在面前，正睁着一双虎视眈眈的眼睛盯着他们。

三个人见面前是个瘦小个儿，三颗悬着的心顿时放了下来。卖表人冷笑了一下："朋友，你在说什么？""不要演戏了，老泥鳅！"听到对方叫出"老泥鳅"三个字，卖表人暗暗一惊，他把手里的小提包丢给瘦高个，嘴里说着："莫名其妙，走，不要理他。"

那蓝衣人冷笑道："只怕你走不了了。今天可不是前天晚上了。"老泥鳅见事已败露，眼中猛然闪出一道凶光："那……你想干什么？""跟我走。""去哪？""公安局！"

老泥鳅一双小眼转悠了几下，奸笑道："朋友，你是干什么的？""这还用问吗？""噢，是这样。"老泥鳅说着从腰里摸出一根金条，向蓝衣人晃晃，"怎么样，只有你一个人知道，高抬贵手吧！""休要啰唆，跟我走！"老泥鳅又摸出一根金条："朋友，有道是穷寇勿追，追急了是要拼命的！嗯，识相点，你会得到好处的，否则……"说着他使了个眼色，矮胖瘦子顿时"刷"抽出了匕首。

正在这时，一个年轻的女人惊慌地跑过来，一见那蓝衣人，她立刻像遇到了救星，气喘吁吁地喊道："高所长，有个小偷，偷了我的皮包，跑进了十八弄，快呀！高所长！"

老泥鳅听到"高所长"这炸弹似的名字，心里不禁打了个哆嗪,知道今天黄金是收买不了这位尊神了。他一瞄对方手里没枪,决定来个硬拼!他朝胖瘦两人一挥手,三条恶狼一齐向蓝衣人扑来。

蓝衣人敏捷地把年轻女人推向一边,紧接着"扑扑扑"双拳快如流星,两脚好似铁棍,打得那三个家伙一阵手忙脚乱,然后趁他们慌乱退却之机,一脚踢飞了胖子手中的刀,一拳击倒了瘦高个。胖子想逃,蓝衣人一个"恶虎跳涧"向他飞起一脚,胖子一阵撕心裂肺的惨叫,仰面倒在地上。老泥鳅见机不妙,拔脚想溜。

这时,年轻女人尖叫道:"跑了,老泥鳅跑了!"

蓝衣人见老泥鳅拎着提包落荒而逃,他一声冷笑,一猫腰犹如离弦之箭追去,老泥鳅只感到身后传来一阵风,回头一看,蓝衣人已到了身后。老泥鳅猛地止步,把刀往地上一扔,说:"我输了,我跟你去公安局。"

蓝衣人一伸手:"那,请吧。"

老泥鳅将提包交给蓝衣人:"这里全是手表、金条。"谁知就在蓝衣人伸手去接的一刹那间,他突然感到不妙,但想闪身已晚了,老泥鳅的拳头已往他的软肋处击来,他没叫出声,就瘫软下来。

老泥鳅大喜,又像恶狼似的舞着拳头扑向蓝衣人。年轻女人惊得一声尖叫。谁知老泥鳅的拳头没落下,身子却像肉骨头敲鼓——昏(荤)咚咚地倒在地上。蓝衣人一跃而起,一连几脚,踢得老泥鳅口吐鲜血,不再动弹。

年轻女人跟过来,扶住蓝衣人关心地问:"怎么样?伤着没?"蓝衣人龇牙一笑:"妈的,真是条泥鳅,他竟想暗算我,没门!快,把那个提包拿上,赶快离开这里!"接着,他冲着倒在地上的老泥鳅阴冷地说:"明人不做暗事,我小神仙今日之举,也是不得已呀。我走了,但愿咱们后会有期。"老泥鳅惊讶地张了一下嘴,吐出一口腥血。

原来这个蓝衣人是冒牌货，是那个年轻女人故意这么叫的。蓝衣人的绰号叫"小神仙"，也是前天从海上缉私队罗网中潜水逃掉的一个海上走私集团的头子。

不过，螳螂捕蝉，黄雀在后，刚才这一幕虎狼恶斗，全都被躲在一边的赵直夫妇和白凉帽看在眼里。白凉帽微笑着说："这戏精彩吧？不过好戏还在后面，也许还要请你们二位登台呢。"说完一转身不见了。

再说小神仙和年轻女人拎着"胜利果实"刚急步走到一个小巷的拐弯处，猛地呆呆地站住了。只见白凉帽正手握乌黑手枪，闪着鹰隼一样的目光冷冷地盯着他俩。原来，他才是大名鼎鼎的高所长。

小神仙忙说："同志……"

"叫我高所长！"白凉帽威严地打断了小神仙的话。

小神仙惊呆了，嗫嚅地说："老泥鳅他们被、被我……"

"我全看见了，你很厉害，小神仙。"

年轻女人惊得手中的小提包掉在了地上。

"什么，你说什么？"小神仙故意装糊涂。

"怎么，你还想演戏？还有你，就是那位神仙婆吧！"

高所长迅速用手铐把这对男女铐在一起。

赵直夫妇钦佩地望着高所长，不知说什么才好。

（赵邦生）

智闯三关

　　一辆"东风"牌汽车在乡间公路上风驰电掣般向前飞驰。驾驶员是个二十五六岁的小青年,叫建星。驾驶室里还坐了一位瓜子脸、丹凤眼、非常漂亮的女子,她是建星的妻子美兰。他俩是虎岭乡有名的柑橘专业户,今年柑橘大丰收,夫妻俩特意送货进县城。

　　这会儿,建星正全神贯注地开着车,突然随着一阵"嘿嘿嘿"紧急的哨子声,从公路边闯出一个五大三粗的汉子,大声喊着:"停车,停车!"他就是公路段临时监理员奢望。奢望向公路中间一站,手中的小红旗猛力一挥,"吱——"一声,"东风"在他面前紧急刹住了!

　　奢望连斥带喝地说:"你的眼睛长到后脑壳上去了?再往前

冲就要罚你的款!"

建星问:"前面出了什么事?""修路!""请问要等多久?""难说!一要看那边的进度,二要看这边来了什么车子,你放心下来歇个把钟头。"建星无奈,只好下车。

美兰忙从车上跳下来,走到奢望面前恳求道:"师傅,我们有急事,今天还得赶几百里路,能快点吗?"

奢望冷着脸儿说:"刚停车就这样急,急什么嘛,早急三年崽都大了。"他嘴里说着话,可两只眼睛却"骨碌碌"盯着用篷布蒙着的货。他问,"上面装的什么呀?""土产。""什么土产?"说着用手摸了摸,鼻子一哼,"蜜橘就蜜橘嘛,瞒七瞒八做什么,又没人偷你抢你的。"

美兰赔着笑脸说:"师傅,你听我说……""莫说莫说,我口都说干了。这个鬼地方,开水都没得喝。""师傅的辛苦我们晓得。""晓得就好!""要不是车上的橘子过了秤,我们本该……""过了秤就动不得?又不是人参,不白吃你的,买几斤总行吧?"

听着奢望的话,建星有点火了。美兰怕把关系搞僵了,便推开建星,对奢望委婉地说道:"师傅,你帮帮忙,我们决不会亏待你的!"说着,忙从驾驶室里拿出两瓶人参酒和一条大前门香烟,"一点小意思,收下吧!""哎!无功受禄,受之有愧呀!"奢望一面佯装推辞,一面已将东西接过来。

建星于是故意试探道:"师傅,现在这路……"

奢望没有答话,他用手挡着冉冉升起的骄阳,一本正经朝前面望了望,态度温和地说:"好了,好了,可以走了。"

在一片喜悦之中,美兰和建星向奢望挥手告别。美兰推推建星,提醒道:"拿烟给师傅抽呀!"建星慌忙抛给奢望一支外国的高级烟,奢望赶紧把绿旗一挥,"东风""嘟——"一声,一溜烟开跑了。

奢望望着车尾扬起的一股灰尘,嘴里叼着建星刚递给他的进口香烟,喜滋滋地从口袋里掏出打火机,"咔嚓"一声将烟点燃,慢悠悠地吸了一口。可还没等他吐出口中的烟,突然眼前直冒金星,接着"叭"一声巨响,吓得他甩掉手中的烟连退几步,一屁股蹲坐在路旁的一只石墩上,翻了半天白眼才渐渐回过神来。他忙把那支烟一折两断,一看,"啊"一声叫,惊得目瞪口呆!又将酒瓶盖撬开,一尝,气得连声骂娘!看来那"大前门"也不用拆了,不会是什么好东西!

原来,最近社会上出现了一股向专业户敲竹杠的歪风,专业户有苦说不出,美兰一直为这事而苦苦思索。今天夫妇俩运一车蜜橘进城,肯定要遇到许多关卡,美兰和建星商量了个计策,不但要把这一车蜜橘顺利运到目的地,更要好好治治那些"馋嘴猫"。于是,他们便在那根特制的烟里藏了一个小鞭炮;在大前门的烟套里装了晒干的苎麻棒子;在人参酒瓶里灌了清水,还加了几根萝卜。

这一下,可把奢望气坏了,他恼羞成怒,决不罢休!骂道:"你他妈的一对乳臭未干的臭男女,耍起你大爷来了,看你能逃出我如来佛的手掌心!"他边骂边火速跑到指挥部里,给前面的竹木检查站挂电话,郑重其事通知说:"有部东风车违章行驶,一定要把它卡下来!我马上就到!"说完,蹬上自行车,抄小路箭一般朝竹木检查站飞速而去!

竹木检查站的检查员叫皮三,三十来岁,老婆离得远,一个人在这关卡上度春秋,不免感到寂寞与烦恼,平时只好借杜康浇愁。刚才他接到奢望的电话,开始似听非听,可后来一听车上还坐了个漂亮的女子,浑身顿时来了一股说不出的高兴劲,放下电话就到公路上放下栏杆,然后坐在岗哨边,跷起脚,眯起眼,自斟自酌起来。刚一杯下肚,突然听得"嘟嘟"几声喇叭响,一抬眼,果然一部东风车开过来,在他面前停了下来,接着,从驾驶室里走下一男一女。嘿!那位女子真的如花似玉!皮三赶忙放下酒杯,迈着方步,踱到车前,嘴里和美兰搭讪,两眼贪婪地看着美兰。美兰好话说了几箩担,皮三就是不肯放行,打着哈哈,油腔滑调地说:"我的美人哎,不是我不肯放行,是刚才奢望打来了电话,说你们的汽车违章行驶……不信? 他在后面追来了呐!"

美兰和建星一听这话,暗叫一声"不好",如果奢望真的追来了,这不是更难脱身吗? 想到这里,美兰向建星使了个眼色。

建星已领会了美兰的用意,火速钻进驾驶室,一踩油门,谁知水箱没水了! 哎! 这真是:屋漏偏遭连夜雨,船破又遇打头风呀! 没办法,建星只得去打水。

皮三见建星走后,两眼直勾勾地望着跟前这个如花似玉的女子,有点心神荡漾。

从皮三的谈吐中,美兰知道他是个没有正式任命的副站长,又一眼看见岗哨旁边的酒瓶和酒杯,知道皮三是一个酒色之徒,于是来了个"将计就计",故作惊讶道:"哎呀,真是有眼不识泰山,原来是皮副站长呀! 失敬,失敬! 唉,可惜我没带酒,否则一定要敬你三杯哩!""这里有酒,你会喝吗?""多少会一点。皮副站长,我一杯,你两杯,怎么样?"

"要得,要得!"皮三一听美兰要和他对饮,立刻飘飘然起来,乐不可支地说:"只要你愿意跟我喝,我心里比吃蜜糖都还甜!"说着,摆开酒杯,满满斟了两杯,不等美兰喝完,他自己一杯酒早就下了肚子。这样一来二往,皮三已有点醉意,美兰抓住这个机会,故意娇声娇气地说:"来! 为皮副站长升迁,干杯!"一听美兰这娇滴滴的声音,皮三早就骨头发酥,忘乎所以了。他端起酒杯,昂起脖子,一口又将一杯酒喝光了,然后将酒杯往地上一摔,瞪着两只血红的眼睛,摇摇晃晃朝美兰扑来。美兰一面退却,一面故意将皮三引到启动放行栏杆的一头。当皮三向她猛扑之时,她突然一扭身子,皮三扑了个空,不偏不倚,身子正巧扑在栏杆上。他昏昏然认为捕到了猎物,使劲地朝下压去,于是那道放行的栏杆慢慢地竖了起来。

这时,建星已打来了水,将水箱灌满了。美兰叫了一声:"快!"两人迅速钻进驾驶室,汽车"呜"地一声冲过了栏杆。

汽车开走不久,奢望骑着自行车气急败坏地追来了,一面将皮三推醒,一面喊:"皮三! 你又灌了马尿! 车呢?""她? 走,走……""你这家伙,喝了迷魂汤,连爹娘都不认得了! 快,快和我去追,非把他们的执照缴下来不可!"于是,两人各骑一辆自行车,奢望在前,皮三在后,七晃八颠地向前追去。

再说美兰和建星好不容易冲过了两道关卡。当他们兴高采烈地朝前奔驰时,突然,发现前面有个老头,将两只箩筐放路当中,背对汽车,坐在扁担上慢悠悠地抽着烟。

起初,建星鸣了几下喇叭,见那老头仍然纹丝不动,就大声喝道:"喂,走开! 你找死呀!"

慢慢地,那个老头才慢条斯理地说:"莫吓人呀! 你没看见我,这块红箍箍子总看见罗!"说着扬扬手膀子,然后走到汽车边,一看,"哦……原来是你们夫妻俩。今天真叫冤家路窄,路窄冤家! 还要左看右看,就不记得我罗来福呀? 半个月前我去你们那里买橘子……"

提起买橘子的事,美兰想起来了:那天买橘子的人很多,这个老头也挤在人群中,又是吃又是拿,过足了秤不算,还要捞几个,而且价钱又要便宜,一气之下,美兰干脆不卖给他。想不到,今天偏偏碰上了这个冤家!

罗来福"吧嗒吧嗒"地吸着烟,然后在扁担上磕掉烟灰,不紧不慢地说:"嘿嘿,想不到吧……不瞒你们说,今天不拿买路钱,你们休想过去!"

建星恼火地说:"什么买路钱? 社会主义还讲这个,真胡扯!"

罗来福坐在扁担上,掰开八字脚,两手使劲地撑在筐沿上,嘿嘿冷笑道："什么社会不社会,我这个人的脾气你还不知道?你要打牙黄也打得,你要讲蛮理也讲得,今天钱硬是要拿,不拿就……"

美兰说:"你收钱总得有个理由呀!""理由么,有,有呀。"罗来福神气十足地比划着:"这条路原来有个弯,我们改田时把它改直了。省了你们的汽油,又省了你们的时间,收几个钱不为过吧?这也是……搞活那个经济。"建星追问道:"谁规定的?""我自己土法上马,怎么样?改革嘛!"美兰不耐烦地问:"要几个钱?""几个钱?亏你说得出口!难怪人家说,专业户越有钱越小气,过去叫花子上门,讨也讨得到饭钱罗!我们生得没本事,你们发了财,得照应一下没发财的。多也不贪,就指望你们牙缝里剔这么一点子。"罗来福说着,还做了个剔牙的姿势。

美兰说:"我们没有时间跟你磨牙,快说要多少?""不多不多,不过,我们是浮动收费,小车不要钱,大车收两元,倘若装了货,外加整三元。""什么,过一下路要收五元钱?""这算是便宜的。本来万元户还要额外加点,这次就算照顾你们!"

"你比打闷棍还恶!"建星的拳头捏出了水,"今天不给钱怎么样?""那就随你的便!""请你走开点!""你莫跟吃了火药样的,我这个人,也是蛮出了名的,不吃你的凶劲!""滚开!"建星欲丢箩筐,罗来福紧握不放,眼看要动武了。

正在这时,后面突然闯来了两个人。美兰抬头一看,不是别人,正是奢望和皮三骑着自行车追来了。她一见这两人,吃惊不小,心想今天这"三关"难闯了,一时间,急得鼻尖冒汗,原地打转,紧张地思索着对付面前这三个拦路虎的法儿。突然,她灵机一动,一条妙计在脑子里闪过!她火速来到建星身旁,和他耳语了几句。

奢望和皮三把车子一搁,和罗来福打了一个照面,叽咕了几句,随即三人脸露杀机,一拥而上,把建星夫妇俩包围起来。奢望气势汹汹地吼道:"哼! 想跑? 跑得了和尚跑不了庙! 快! 把执照交出来!"说着,三个人就要夺建星口袋里的执照。

"慢!"美兰喊了一声,脸含笑容,上前忙不迭地赔礼打招呼,"哎呀! 你们各位不就是要点橘子解渴吗? 这事好商量。"

三个人听了这话,脸色顿时缓和了许多。皮三嬉皮笑脸先开了腔:"嘿嘿! 早吃了橘子,我们就不会追到这里来呀!"说着两只勾魂眼朝美兰直勾。

美兰说:"你们要多少,快说!"

"我要一篓!""我要两篓!""我要三篓!"

美兰大方地一挥手:"好吧! 每人送两篓。大家上车拿吧!"

一听说拿橘子,三个人立刻蜂拥而上爬上车去。当他们七手八脚掀开篷布拿橘子时,突然"呜——"一声,汽车飞跑起来。

三个人傻了眼,欲想跳下车去,可又不敢! 他们只好慢慢地爬到车前捶着车顶嚷道:"停停! 停停! 快让我们下车!""不要乱动,强行爬车,摔下车自己负责!""你们把我们拉到哪里去?""到县里评理去!"说着,美兰向建星投去深情的一瞥,两人脸上露出了胜利的微笑。

(胡险峰)

慢行快车

　　一辆从风景胜地洛阳龙门开出的特大型豪华轿车,满载七十三名旅客,在暮色中快速向省城郑州开去。车到拐弯处,司机忽然看见前面有人在扬手拦车。他开的是从龙门直达郑州的车,沿路站点是不许上人的,因此司机放慢车速,按响喇叭,却没停车。谁知,拦车的人却高声喊着"救人",并"咕咚"一下跪在了路当中。司机眼角余光一瞥,果然看见路边躺着一个人,蜷缩着身子。司机犹豫一下,把车停了下来。

　　跪在路当中求救的那人见车停了,忙起身抱起路边的病人摇摇晃晃地爬上了车。车上的乘客立刻有人给他们让座,有人询问病情。司机关上车门,车又开动了。

　　"司机同志!车开慢点,我们把事情办完就下车。"还没就座的病人,操着一口浓重的东北口音冲前面的司机打了个招呼,随后突然"唰"从腰间亮出匕首,摇晃着对乘客们喊叫道:"各位!我跟我兄弟是两只刚刚越狱从铁笼子里跑出来的'东北虎',回东北去少点盘缠,今天我们大家'有缘千里来相会',各位发扬发扬共产风格,解囊相助,帮我们哥俩一把吧!"

大东北虎说着,摇晃着匕首,就来挨个搜罗乘客们的钱财,小东北虎把住车门,监视车内的动向。大东北虎依次搜索到了第13座,谁知车座上的小伙子嬉皮笑脸地把嘴一歪:"伙计,真不知道我是干什么吃的吗?"

"你他妈就是公安局吃屎的,老子今天也叫你放点血!"大东北虎两眼一瞪,举起匕首就朝小伙子的脸上扎!

小伙子扭头歪肩一让,站起身来,顺手拿出一支五四小手枪,硬邦邦地顶到了大东北虎的胸口上。他歪歪嘴:"伙计! 该知道我是干什么吃的了吗? 去,给司机磕个头,让他开车门,你们滚回东北吃玉米碴子去吧!"

车门打开了,不等车停稳,大小两只东北虎把手里的东西朝地上一扔,就屁滚尿流地滚下了车。

车里的乘客们大松了一口气,慢行的快车开始加速。手握短枪的小伙子把大东北虎扔在地上的钞票和首饰拾起来,对乘客们抱拳说:"'强龙难压地头蛇'! 我不是东北虎,也不是地头蛇。我是干什么吃的? 这么说吧,就只当我是'路边蝎'! 各位! 刚才不是挨到我13座上了吗? 现在,就接手打从第14座继续,一个座一个座的挨个来!"

乘客们大惊失色! 走了两个车匪,又来了一个路霸!

第二轮搜索到了第25号座位,是一位身着牛仔装、头剪"帅哥头"的妙龄女郎。她见掂短枪的小伙子来到面前,忙从自己的小手提包里取出一个小手绢包起来的小包,满脸绯红地小声嘟哝说:"这个不能叫你看。"

　　小伙子一眼看到这不起眼的漂亮小妞眉眼含情,明白了她手里拿的是不能让男人看的女儿家用品,哈哈一笑说:"'妹妹你大胆地往前走呀'！眼下,女人都光屁股上录像了,哪还有什么你们女人家的东西不能让人瞧一眼的啦?"

　　年轻女子更羞更急,一抬手,把手里的小包扔了出去。

　　小伙子没想到年轻女子会把小包扔了,忙低头去找,不料就在这一刹那间,那女子猛一出手,一把搯住了他握枪的那只手腕,同时另一只手往下一探,将手指间的一把单面剃须刀的利刃,刺进了小伙子的下腹!

　　这时,正伴坐在第57号车座上的另一个车匪,见同伴失手,嗷叫一声跳了起来,亮出匕首,从后面向那年轻女子扑了过去。又不料,这第二位还没扑到年轻女子的身后,坐在第41座位上的另一名女孩把脚上的厚底旅游鞋一弓,只听"当"一声,一根半尺长的不锈钢圆刃从鞋底下弹出来,她不慌不忙地一个扫堂腿,只听这第二位车匪"哎哟"一声后便栽倒了。

　　扔小包的女孩已夺枪在手。她请一位乘客拾起她扔出去的那个小包。打开来,里边裹着的是一根毛线般粗细的蛇皮细钢丝绳。她和她的那位女伴,就用这根十分轻便、十分柔韧的蛇皮细钢丝绳,将两个车匪反扣双手,背对背地捆在了车门边的钢管扶柱上。两个女孩一边收拾罪犯,一边朗声道:"两位'哥们',对不住啦！今天我们是新上路,若不把二位整治了呢,不用说满车的乘客遭你们洗劫,就是我们保安公司,也得按照保安合同给长客公司赔款呢！更不用说,我们的两只见习保安员的泥饭碗,也叫你们砸了呀!"

　　司机猛踩油门,客车又加速开动了。司机心里"扑腾、扑腾"的,他只希望自己驾驶的这辆慢行了的直达快车,能准点赶到省城才好!

　　　　　　　　　　　　　　　　　　　　　　(聂建长)

出差路上

　　厂办秘书阿强,书呆子气十足,领导一般不派他出差。可是最近厂里急需几样办公用品,派不出其他人,在厂长叮嘱了"一路上多长些心眼"之后,阿强只好硬着头皮,怀揣一千元钱上路了。

　　阿强到县城汽车站买了车票,上了一辆开往省城去的公共汽车。他站在车门口往车厢里瞧,这车有四十多个座位,车上已有十多个旅客了。经过反复考虑,他挑了最后一排靠窗口的座位坐下,觉得既安静又安全。

　　一会儿,车上又上来一些人,其中有三个摩登女郎格外引人注目,她们各自挎着一个精致的小皮包,其中有一个戴着一副有色眼镜。她们上车后朝车厢里扫视了一下,就坐在前面的空座位上。

过了十多分钟,汽车开动了。阿强数了一下车上的旅客,包括自己在内,共有三十六人。这三十六人中,会不会有人们所传闻的歹徒呢?阿强正在胡思乱想,"嘎吱"一声,汽车停了,原来公路边有两人搭车。

售票员把车门打开,公路边那两人上了车,汽车又开了。这时,阿强仔细看了一下刚上来的两个人,是二十来岁的男青年,一高一矮,高个子嘴里缺颗门牙,矮个子脸上有个癣疤。两个人长头发蓬乱蓬乱,斜眉眼眨巴眨巴,花格衫汗迹斑斑,麻纱裤松垮松垮,凉皮鞋灰蒙灰蒙,腰斜插匕首一把。哟,看样子来者不善,车厢里一下鸦雀无声。

两个花格衫男青年先在前面站着向车厢内扫视了一下,然后把眼光停留在三个摩登女郎身上,不怀好意地"嘿嘿"一笑。几分钟后,矮个子留在了前面,高个子一直走到最后一排,坐在阿强旁边。

阿强心里猛地一紧,他把手交叉着放在胸前,眼睛闭了起来,故作镇静,胸口却怦怦直跳。

汽车行驶了几分钟,车厢内没有一个人说话,两个"花格衫"也没有动静。他们怎么还不动手呢?阿强微微睁开眼睛,往窗外看了一下,心里有了一些底:原来公路上行人较多,公路两旁也有不少人家,这大概是他们不动手的原因吧。

又过了十多分钟,汽车驶进了山区公路。看样子这段路人烟稀少,阿强不禁紧张起来,他瞟了一眼身旁的高个子,只见他眼睛贼溜溜乱转,扫视着车上的人。阿强注意到车厢前面,那个戴有色眼镜的摩登女郎正低头与她的两个同伴说着什么。

汽车驶进了一条山沟,阿强身旁的高个子把手伸进腰间,刚想站起来,突然,前面戴有色眼镜的摩登女郎站起来,手里拿着一把手枪。她把枪口抵着那个矮个子的脑壳,说:"不许动,动就打死你。"

与此同时，另外两个摩登女郎也站起来，一个伸手把矮个子腰间的匕首取了，并把它架在矮个子的脖子上；另一个对司机命令道："只管开车，不准停，否则你的脑壳也开花。"矮个子不知是怎么回事，只好乖乖地举着手不动。

戴眼镜的摩登女郎掉转枪口，对着车上的旅客大声喊道："你们听着，这一阵你们姑奶奶没有钱用了。今天向你们要一点钱，要命的就把钱摸出来，不要命的脑壳就开花。"

摩登女郎这一举动非同小可，两个农村姑娘吓得尖叫一声抱在一起，浑身打颤。车厢内的气氛顿时万分紧张，大家盯着那黑洞洞的枪口，生怕她一扣扳机把子弹射出来。

一个老头说："哎，姑娘，你这样做，恐怕不对哟！"

戴眼镜的摩登女郎立即把枪口对着老头吼道："你少废话，赶快摸钱！"

几个胆小的赶紧把手伸进衣袋里摸钱。此时，戴眼镜的摩登女郎又说："从最后一排开始，拿钱。"说着，她一下窜到最后一排，枪口对着阿强身旁的高个子。

啊哟，又是从最后一排开刀！

阿强见此情景更是目瞪口呆，今天算倒霉了。他瞟着身旁的高个子，看他怎么办。

只见高个子两眼盯着摩登女郎的枪口，举着双手站起来说："大姐，我身上只有几块钱，还没有发财。我们也是搞这个行当的，也准备在这辆车上捡点'货'，没想到你们占了先。我们是有眼不识泰山，你别开枪，我们井水不犯河水，既然你们占先，这车上的'货'就归你们了，我们到别的地方去发财。"

摩登女郎说："好吧，相信你说的话。既然是同行，就放你们走，快下车。"摩登女郎说着让开路，用手枪逼着高个子朝车门口走去。

待高个子走到车门口，摩登女郎对司机喊道："停车，让他们下去。"

司机立即停车，售票员打开车门，高个子和矮个子跳下了车。

摩登女郎晃着手里的匕首问矮个子："喂，这东西你还要吗?"

矮个子连连摇头，说："算了吧，送给大姐做个纪念，我们后会有期。"

摩登女郎对司机喊道："开车。"司机又发动汽车向前行驶。

走了两只老虎，还有三只母狼，车上旅客的精神仍处于极度紧张中。

这时只见那摩登女郎与同伴耳语了几句，然后摘下眼镜，笑着对大家说："各位旅客不要紧张，我们不是车匪，刚才下去的那两个才是真正的车匪。我已经让我的同伴用手机向公路派出所报案了，他们逃不了，请大家放心。这把枪是我买给侄儿耍的玩具手枪，很像真的。我们今天也是急中生智，以恶治恶，不得已让大家虚惊一场。如果我们不先发制人，让他们先动手，那后果不堪设想。说实话，我刚才也出了一身冷汗，但愿大家在未来这段路上团结一致，共保这趟车平安到达终点站。"

听了摩登女郎的话，阿强一块石头落了地，带头拼命鼓掌，大家也跟着鼓掌。

这掌声飘出车外，传得很远很远。

（邓建立）

林老五挨宰

　　城里人常爱把做买卖坑人叫做"宰客"，这话要是让深山老林里的人听到了，准得喊救命。

　　有个林老五，他是偏僻山沟里的庄稼人，从小到大没进过城，对城里的说道一窍不通。最近他接到城里大妹子的信，让他到城里去住几天，开开眼。林老五在山沟里也挺闷的，就坐上了进城的火车，一天一夜到了城里。

　　大妹在信上写得很清楚：出了火车站，就会看到车顶上有牌子的小汽车，那叫出租车，只要过去一招手，人家司机肯定会招呼你上车，开车后你就把"平水路6号"的地址告诉他，只需十块钱就能坐到家了。

　　林老五是天黑时下的火车，他手里拿着地址往外走，这时就听到身后有人在议论："现在城里人就爱宰人,特别是宰乡下人,那宰起来真是心狠手辣。"

林老五当时头上就冒汗了:什么,宰人? 解放都这么些年了,还兴随便宰人?

他以为自己的耳朵出了毛病,就转身问那位:"你说的宰人到底是怎么回事?"

那人满不在乎地说:"宰人就是杀人嘛,这你都不懂?"

林老五更紧张了,浑身哆嗦地问:"在哪里杀?"

"满街里都杀,尤其像你这样的乡下人。"

"那……那公安局不管吗?"

那人见林老五问,更乐了:"公安局管得过来吗? 你也真是少见多怪。"

连公安局都不管宰人,林老五这步子就慢下来了。想往回返吧,火车可不是说调头就能往回走的;可往前走吧,他又怕被人宰了,家里还有一头猪、三只羊等着自己回去饲养哩。

林老五就这么胡思乱想着来到了车站广场。

不一会儿,一辆出租车停在他面前,开车的是个胖子,长了一脸的横肉,胖子连拉带拽地把林老五弄进车里,问明了林老五的去处,车就跑起来了。

林老五心里害怕,嘴巴就封不住了,他问司机:"我说老乡,听说城里都兴宰人,是真的吗?"

司机说:"没错。"

"真够吓人的,你……你们这开车的没有宰人的吧?"

"哪里的话,出租车宰人更厉害,全城的司机都宰,宰得可狠呢。"

林老五越听越紧张,忍不住小心翼翼地问:"那你宰不宰?"

"我不宰,就我这么一个不宰人的人,正巧让你给碰上了,你好福气呀。"

　　林老五听到这话,心才稍稍安定了些。

　　说着话,天就黑了下来。出租车司机见林老五是个傻老冒,就起了黑心,放着城里的近路不走,拉着他在城外转开了圈。

　　时间长了,林老五警觉起来:妹子在信里写得很清楚,家就在城里住,离车站不远,怎么这车子跑到了郊外? 莫不是这个胖子想宰我?

　　林老五正想着呢,车子"唰"一声停住了。司机说:"你稍等一下,我上个厕所。"说着,下车进了路边的厕所。

　　林老五不放心,悄悄跟了过去,就听厕所里有人在问:"二哥,有客人?"那胖司机答道:"嗯,是个肥山货,傻乎乎的。我今天正好宰他一下。"

　　啊! 林老五一听这话,想哭也没泪了。这黑灯瞎火的,连个呼救的地方也没有,这可怎办呢?

　　他正拿不定主意时,胖子从厕所里出来了,见林老五站在车外边,就说:"这老哥也是,还没到呢,你下来干吗? 快上车,还远着呢。"

　　林老五光剩下打哆嗦了,让胖子又推进了车里。

　　车子开出没多远,就在一片菜地前停住了,车子出了故障,司机怎么摆弄也没将车发动起来,不一会,竟连车灯也灭了。

　　林老五两眼一黑,心中连说:"完了,这是给我选坟地哩。"

　　这时,就见胖司机拿出个手电筒,在工具箱里翻了半天,拿出个东西,手一甩,就听"叭"一声响,跳出一把闪着寒光的尖刀来。

　　司机是要用这刀子削电线皮,可林老五误以为司机要宰他,他见对方掏出刀子,不敢怠慢,一伸手从包里抽出一根短擀面杖来。

　　这是他给妹子做的,现在派用场了。他一用劲将擀面杖扔了过去,就听"叭"一声,由于手举得过高,一下把车顶灯罩子给打了个稀烂。

司机一看这场面，冲林老五喊："你想干什么？"

林老五说："干什么？我先把你宰了！"

司机以为碰上打劫的了，索性操刀和林老五干了起来。

两个人从车里一直打到车外，最后胖子败下阵来。别看他五大三粗，和林老五这山里背石头的身板儿一比，只能让人家压在身下。

胖子口气立刻就软了："这位大爷，要多少钱你尽管说，千万别杀我。"

林老五见他也怕死，口气也缓了，说："只要你不宰我，我杀你吃饱了撑的？"

司机说："我没宰你呀？"

林老五说："还想赖，刚才你在厕所里说什么来着？"

司机一听这话，赶紧赔笑脸："对不起大爷，那是句玩笑话，我吃了熊心豹子胆，怎么敢宰你呢？"

话说到了这份儿上，林老五也就原谅他了，两个人重归于好。

不一会修好了车，胖司机把林老五送到平水路6号院门前。

林老五问："多少钱？"

司机说："最……最低价，10块钱。"

林老五从身上掏出20块钱，往司机手里一塞，说："多收几个钱没关系，可不能动不动就宰人。宰人是犯法的呀！"

（徐　洋）